A VIAGEM DO ORIENTE

Le Corbusier

A VIAGEM DO ORIENTE

Le Corbusier

TRADUÇÃO Paulo Neves

COSACNAIFY

NOTA DA EDIÇÃO FRANCESA

Em 1911, Charles-Edouard Jeanneret, desenhista no ateliê de Peter Behrens, em Berlim, decide com seu amigo Auguste Klipstein empreender uma viagem cuja meta é Constantinopla. Com muito pouco dinheiro, os dois percorrerão, de maio a outubro, a Boêmia, a Sérvia, a Romênia, a Bulgária, a Turquia.

Charles-Edouard Jeanneret descobre então a arquitetura: jogo magnífico de formas sob a luz, sistema coerente do espírito.

Durante essa viagem, de Dresden a Constantinopla, de Atenas a Pompeia, Jeanneret mantém um caderno no qual anota suas impressões e realiza uma série de desenhos que o ensinam a olhar e a ver.

Desses apontamentos serão extraídos artigos, parte dos quais será publicada por *La Feuille d'Avis* de La Chaux-de-Fonds. Mais tarde, ele reunirá e completará esses textos para transformá-los num livro. Livro que, sob o título de *Le Voyage d'Orient*, devia ser publicado por Gaspard Valette em 1914, pela Mercure de France. A guerra impediu essa publicação e o manuscrito ficou nos arquivos de Le Corbusier. Cinquenta e quatro anos após sua viagem, ele decide enfim publicar esse livro, testemunho de suas hesitações, de suas descobertas da juventude. Em julho de 1965, corrige o manuscrito e, recorrendo somente à memória, faz escrupulosas anotações.

Eis aqui, portanto, essa *Viagem do Oriente* que Le Corbusier considerava um documento importante e significativo sobre o ano decisivo de sua formação como artista e arquiteto.

ITINERÁRIO DA VIAGEM DO ORIENTE, 1911

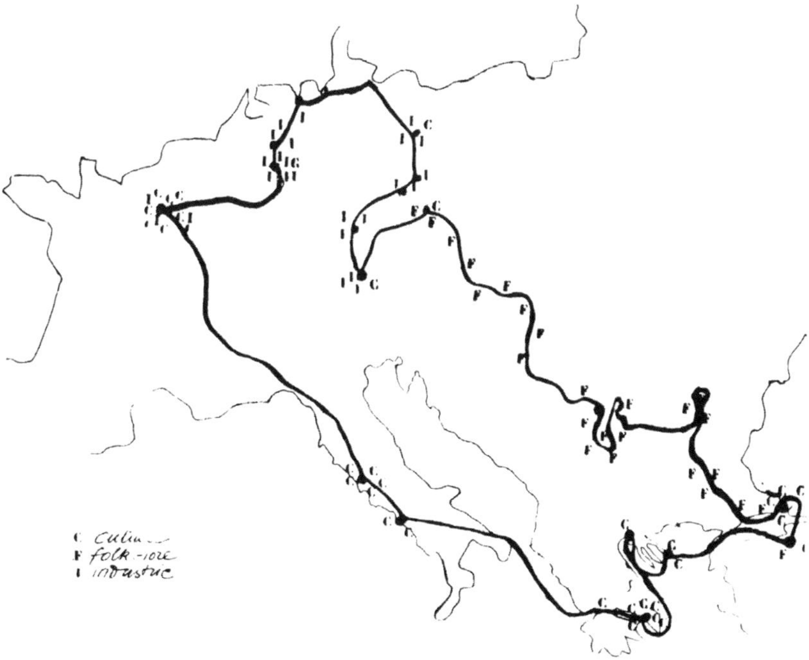

Berlim, Dresden, Praga, Viena, Vacz, Budapeste, Baja, Giorgavo, Belgrado, Knajevaz, Naitscha, Bucareste, Tirnovo, Galvoro, Schipka, Kasanlik, Andrinopla, Rodosto, Constantinopla, Dafne, Brousse, monte Atos, Salonica, Atenas, Itea, Delfos, Patras, Brindisi, Nápoles, Pompeia, Roma, Florença, Lucerna.

[As notas do autor incluídas na edição francesa estão reproduzidas aqui nos rodapés e com asterisco. As notas da presente edição são numeradas e encontram-se na página 209.]

A MEU IRMÃO, O MÚSICO ALBERT JEANNERET

VOCÊ PENSOU BEM! COMO EU QUERIA QUE O QUE LHE DEDICO AQUI fosse melhor! Mas é só o que tenho. Você sabe quanto estas linhas escritas para o público – que, de resto, não as pediu – turvaram a alegria e perturbaram a serenidade a que tudo me convidava nessa viagem. Ofereço-as a você para poder lhe dar alguma coisa hoje, pois tenho vontade de lhe dar alguma coisa hoje.

Sua máscara fez a viagem de uma ponta à outra – o Danúbio, Istambul, Atenas – em meio à papelada na qual se perdeu; não tive a menor culpa. Era a sua fisionomia, mas não exatamente igual: eu a desenhei sem que você o soubesse, em Wald-Schenke d'Hellerau, no Natal de 1910: você devorava chouriço com pão e manteiga (um dos cardápios a que nos obrigava nossa bolsa naquele país!). Aquele chouriço e aquela manteiga me repugnavam, e você os devorava como um glutão. Em certas horas, e particularmente naquela, você me parecia incrivelmente voraz... Meu croqui foi então como um protesto. Assim eu o imaginava e assim o vejo. Será que, no fundo, não está satisfeito?

Contavam-me, outro dia, o absolutismo com que você defendia meu francês – por ocasião de sua permanência aqui, este verão –, meu francês muito pobre, triste e incapaz: para mim, desenhista, era o único meio de expressão nas horas em que me sentia vibrar. Citaram-lhe uma frase ininteligível, uma daquelas anomalias que o tipógrafo de *La Feuille d'Avis* sabia bem produzir, e que eram também toleradas pelo "nosso amigo de família", o editor desse jornal. Você respondeu que era perfeito, perfeito, perfeito, e que não queria ouvir mais nada.

Assim, meu velho irmão, já faz anos que nos prestamos ajuda. Não vamos parar, não é? Em meio às flutuações de estima que mesmo os mais próximos nos reservam – pois eles não podem subtrair-se inteiramente ao domínio da opinião –, que a nossa afeição permaneça firme, inflexível, absoluta – como o horizonte lá distante, entre Lemnos e o Egeu.

ALGUMAS IMPRESSÕES

"VIAJANDO ASSIM LONGOS MESES, EM PAÍSES SEMPRE NOVOS" – indagavam em Berlim duas simpáticas compatriotas –, "será que vocês não embotarão sua capacidade de admirar, tirarão o frescor de suas emoções e verão as coisas apenas com um olhar um pouco desiludido, um pouco *blasé*? Às vezes, em nossas últimas conversas, seus julgamentos foram tão imprevistos e nos surpreenderam tanto!... Agora partem para o Oriente; imaginamos que suas intenções são nada perder do que a estrada oferece à direita e à esquerda... Quantas impressões então, diversas e múltiplas!... Nossa pergunta tem razão de ser, não nos levem a mal."

Era verdade: sob as pesadas abóbadas do Tiergarten ou ao longo dos glaucos canais do Spree, em nossos passeios demorados, acontecia-nos, ao voltar de uma caminhada fatigante pelos dédalos de pedra das cidades velhas ou novas da Germânia, falar mal de um domo venerado, pôr um ponto de interrogação sobre uma famosa cidade deitada na planície à foz de um rio e dominada por um "burgo" excessivamente romântico, praguejar contra uma carranca medieval enquadrada numa moldura de torreões, fossos e muralhas denteadas, e contra esse ríctus equívoco que, sob um elmo épico, está todo marcado por negras chaminés de fábricas e por manchas de lepra das sórdidas e fétidas fumaças. A essa visão teatralizada, opus uma outra, menos em moda porque felizmente menos conhecida: um sorriso sereno sob um céu azul colocado em volta de pedras esculpidas e de rebocos cuidadosamente pintados sobre trigais dourados, onde irrompem flores vermelhas, onde se intensifica o azul em estrelas profundas. Falei com entusiasmo de certas realizações modernas e, definitivamente, critiquei a Alemanha medieval em proveito das obras calmas de cem ou duzentos anos atrás. O romantismo indiscreto, que tão mal exprime nosso pensamento, havia me exasperado. A admiração calou-se muitas vezes, quando o gosto infecto dos fazedores de frontões e torres lançava, por exemplo, sobre um rio de corpo majestoso e que escoa entre rochas vermelhas eriçadas ou, mais adiante, como um deus vivo numa planície que ele abençoa, um espólio de espadachim. – As grandes avenidas mergulhadas no verde, pavimentadas com um asfalto tão polido pelos automóveis que o sol poente ali se mira numa infinita linha de fogo balizada pelos milhares de colunas negras das árvores, me apareceram, em certas horas, como grandiosas criações. E as sórdidas ruelas em torno dos domos insipidamente restaurados, escondidas sob a saliência excessiva das fachadas malcuidadas, o mau cheiro estagnado, a gente suspeita que ali se oculta e o bando agitado de garotos aos berros, muitas vezes fizeram-me fugir... enquanto o Baedecker[1] se extasiava e, para manifestar sua alegria, despregava estrelas do céu para fazer delas asteriscos laudativos, simples, duplos ou tríplices. Assim, tratei com aspereza castelãs outrora orgulhosas, ridicularizei pretensos "nobres" enfatuados e brutalizei muitos novos-ricos do século XIX. Nomes – nomes muito belos –, eu os difamei. Pobres nomes, pobre magia das palavras que faço fenecer! – Decepcionante hecatombe.

Para fazer-me absolver, foi preciso explicar-me: "Em primeiro lugar", arrisquei, "há renomes exagerados. No mundo da arte, tão frequentemente acompanhado pelo da moda, há açambarcadores e 'blefadores'. Há também os modestos e os tímidos. Aos turbulentos 'reivindicadores' opõem-se os serenos inconscientes".

Por outro lado, digam vocês, senhoritas, um amante de arte sempre tem, aos olhos dos outros e contra sua própria vontade, a cabeça um pouco virada, e saibam que eu, por exemplo, tenho um tio irremediavelmente convencido de que julgo a torto e a direito com a única finalidade de contrariar a opinião geral.

Além do mais, enfim, se a beleza me parece feita de harmonia, e não de largura, extensão, altura ou somas despendidas, ou de brilho teatral, acrescento a essa maneira de ver uma maneira de ser: sou jovem – pecado efêmero –, jovem e portanto inclinado aos julgamentos temerários. Venero o ecletismo, mas espero ter os cabelos brancos para dedicar-me a ele de olhos fechados. Ao contrário, mantenho-os bem abertos ao que está em volta, meus olhos de míope por trás dos óculos – esses tristes óculos que me dão um ar doutoral ou de *clergyman* –, digo muitas bobagens. Acontece-me – tanto pior – virar a casaca, com a grande reprovação de meus próximos, e contradizer-me mais do que se admite. É assim que nos dias de mau humor me sacudo todo, enquanto outras vezes, senhoritas curiosas, me sinto remexido em profundidade, percorrendo um país de sonho ao ritmo de *scherzi* subjugantes, inteiramente conquistado pela grande Harmonia!

– Não, minhas céticas senhoritas, não se fica *blasé* ao viajar. Fica-se apenas um pouco aristocrata nos amores, o que é um mérito, acreditem, nestes dias em que tudo se socializa, e sobretudo para um leitor de *La Sentinelle*. Esta viagem do Oriente, longe das confusas arquiteturas do Norte, resposta a um apelo persistente do sol, das grandes linhas dos mares azuis e das grandes paredes brancas dos templos – Constantinopla, Ásia Menor, Grécia, Itália meridional –, será como um vaso de contorno ideal, do qual saberão derramar-se os mais profundos sentimentos do coração...

Eis que são duas da madrugada, no barco branco que desce o imenso rio entre Budapeste e Belgrado, e eu continuo escrevendo, esquecendo de ir ao convés ver a lua já cheia subir em meio ao dédalo dos astros!

CARTA AOS AMIGOS DOS "ATELIERS D'ART" DE LA CHAUX-DE-FONDS

MEU VELHO PERRIN,

Salve! Se Octave, em sua rua da Sorbonne, em Paris, lesse este honorável diário, muito hospitaleiro, eu já teria recebido dele, numa linguagem figurada, suas condolências tarjadas de preto, visto que esta criança, antes de nascer, passa mal e está prestes a morrer! Pus-me a escrever notas de viagem – quase um diário!... E sou o mais infeliz dos homens, pois, confesso, é o sumo do tédio; e o sentimento de aborrecer a sesta de tantos compatriotas me atormenta. Assim, dirijo-me a você, que gosta das formas (plásticas, evidentemente) quase tanto quanto Georges e sabe a beleza de uma esfera. Venho falar-lhe de vasos, de vasos rústicos, de cerâmica popular. Incidentalmente abordarei alguns portos em minha rota, e meu redator ficará satisfeito. Penso que Marius Perrenond, nosso oleiro dos Ateliers, teria merecido esta epístola "ceramicológica"; Marius, porém, ainda não aprecia suficientemente a esfera: a você, portanto, as histórias de contornos e meus êxtases.

Você conhece estas alegrias: apalpar o bojo generoso de um vaso e acariciar seu pescoço grácil, depois explorar as sutilezas do seu perfil. Com as mãos enterradas nos bolsos e os olhos semicerrados, deixar-se docemente embebedar pela fantasia dos esmaltes, o brilho dos amarelos, o veludoso dos azuis; entregar-se à luta movimentada das massas pretas brutais e dos elementos brancos vitoriosos... Compreenderá isso ainda melhor se imaginar, depois dos fatigantes meses de viagem, meu estúdio talvez galante, azulado com a fumaça dos cigarros, e você e os amigos afundados nas poltronas ou deitados em divãs, vocês que tornarei a ver depois de tantos anos e a quem contarei histórias que farão adormecer os insones! Os vasos de que vou lhe falar estarão lá, arredondando-se poderosamente.

Saiba que providenciamos, desde Budapeste, um arsenal de bojos e gargalos capaz de realizar essas horas evocadas. Sabíamos que atravessávamos terras em que o camponês artista harmoniza magistralmente a cor com a linha e a linha com a forma, e estávamos doentes de inveja! Andanças intermináveis! Contramarchas mesmo debaixo de chuva torrencial, que fizeram gemer Auguste, esse companheiro de minhas misérias, até que finalmente entramos nas grutas "alibabescas". Então, ou numa loja escura ou num porão pobre de Budapeste, ou ainda num sótão coberto de poeira nobre e anciã, à hora tórrida do meio-dia, numa aldeia da planície húngara, foi a orgia total. Imagine só! Os vasos estavam ali, em seu alegre esplendor e em sua sadia robustez, e a beleza deles consolava-nos. Para descobrir-lhes o esconderijo, havíamos passado em revista todo o triste bricabraque sem pátria e sem família que inunda a Europa inteira; e mesmo aqui, na Hungria, onde o camponês sabe trabalhar como grande artista, achamos a oferta dos mercadores ainda mais humilhante, e o domínio da moda sobre as almas ainda simples mais desastrosamente efetivo. Era um excesso de objetos de vidro multicores com ramagens douradas, de baixelas maculadas por uma inadmissível ornamentação de conchas à Luís xv, ou de florezinhas dispostas ao gosto dos últimos anos. Tivemos que fugir da "europeização" invasora e suja até nos refúgios tranquilos onde sobrevive, extinguindo-se, quase submersa, a grande tradição popular.

A arte do camponês é uma impressionante criação de sensualismo estético. Se a arte se eleva acima das ciências, é precisamente porque ela excita, contra estas, a sensualidade, despertando profundos ecos no ser físico. Ela dá ao corpo – ao animal – sua parte justa e sabe elevar depois, sobre essa base sadia, própria à expansão da alegria, as mais nobres colunas.

Assim essa arte popular, como uma carícia quente e imutável, envolve a terra inteira, cobrindo-a com as mesmas flores, unindo ou confundindo as raças, os climas e os lugares. É a alegria de viver de um belo animal, manifestada sem coerção. As formas são expansivas e cheias de seiva; a linha sempre sintetiza os espetáculos naturais ou oferece, junto e no mesmo objeto, os encantamentos da geometria: espantosa conjunção dos instintos rudimentares e daqueles suscetíveis das mais abstratas especulações. – A cor, ela também, não é descrição, mas evocação; simbólica sempre. É fim e não meio. Existe para a carícia e a exaltação do olho, e isso, paradoxalmente, com uma explosão de riso que desnorteia os grandes gigantes embaraçados, mesmo os Giotto, os Greco, os Cézanne e os Van Gogh! Considerada de certo ponto de vista, a arte popular sobrevive às mais altas civilizações. Continua sendo uma norma, espécie de medida cujo padrão é o homem de raça – o selvagem, se você quiser.

Já o aborreço, amigo Perrin, e no entanto essas cerâmicas da Hungria e da Sérvia dariam ensejo a intermináveis conversas, pois nelas se pode circunscrever o estudo da arte anônima e tradicionalista. Deixe-me reter duas coisas que nos impressionaram por ocasião de nossa visita aos oleiros da planície húngara e dos Bálcãs sérvios e, para repousá-lo e despertar sua inveja, descreverei então algumas das aldeias danubianas.

Em primeiro lugar, há, nesses homens que não raciocinam, a instintiva apreciação da *linha orgânica*, nascida da correlação da linha de maior utilidade e da que contém o volume mais expansivo – portanto mais belo. "A beleza", disse-me um dia o sr. Grasset em Paris, "é a alegria. Por que copiar", ele acrescentava, "um broto todo enrolado? É monstruoso! A alegria é a árvore exposta, com seus ramos grandiosos, suas flores, todos os seus frutos! A beleza é essa esplêndida manifestação de juventude." Assim, pois, essas cerâmicas são jovens, sorridentes – permita-me tais qualificativos –, com seus perfis desabrochados até a linha de explosão, e que contraste elas engendram, nascidas do torno do oleiro de aldeia cujo espírito simples não vai mais longe que o de seu vizinho da mercearia, mas cujos dedos obedecem inconscientemente às ordens da tradição secular; que contraste, repito, com essas formas de uma fantasia inquietante, de uma imbecilidade estupefata, concebidas não se sabe por quem, no desconhecido das grandes fábricas modernas! O que vemos aqui são os caprichos de um tolo, de um desenhista de baixo escalão, que traça essa forma com a única finalidade de diferenciá-la da que desenhou na véspera. Ao longo do Danúbio, e mais tarde em Andrinopla,[2] encontraríamos exatamente essas formas que os pintores micênios cobriram de arabescos negros; que persistência na estrada da normalidade! E não sei de nada mais lamentável que essa mania atual de renegar as tradições com a única finalidade de criar o "novo" cobiçado. Esse desvio das forças criadoras repercute em todos os domínios da arte e não nos vale apenas chaleiras pouco práticas, taças horrorosas, vasos de flores com galbos invertidos; temos também cadeiras que ferem e baús malcompreendidos; e casas com silhuetas espantosas, heteróclitas, absurdas, que não permitem desculpar – ó meu amigo escultor! – nem a sujeira das esculturas inúteis, nem a falta de tato. Vivemos num meio inviável, não é mesmo? desorganizado – *inorganizado*...

Irei até o fim e lhe direi em duas palavras uma coisa bem chocante, inquietante também: esses oleiros não dão a menor importância à sua arte. Os dedos deles trabalham pelo espírito, pelo coração. E ficam boquiabertos quando penetramos em suas oficinas e vamos arrebanhando tudo. E pode estar certo de que de seus produtos, hoje heterogêneos, eles nos apresentam justamente os piores, estiolados, de um gosto às vezes revoltante, cópias de trecos entrevistos, num dia de feira, na banca de um vendedor ambulante vindo da cidade grande. A arte deles não é mais que uma sobrevivência, e em Knajevaz, nos Bálcãs, por exemplo, se você passar ali daqui a alguns anos, não achará uma única das peças que lhe farei ver em meu regresso: já eram velhas de vinte anos e as encontramos nos refugos onde se empoeiravam esses "pecados de juventude"... Considerando isso, Auguste, que prepara seu doutorado em história da arte, sentiu-se de repente agitado pela criação de uma teoria reveladora. Ele percebeu a crise derradeira que as cerâmicas da Hungria e da Sérvia atravessam e, abarcando num único olhar todas as artes e todos os tempos, fundou a teoria do "momento psicológico da cerâmica popular nas artes do século xx". Em alemão soa bem melhor: "*der psychologische Moment... etc.*". Devo confessar-lhe que Auguste não conseguiu mais sair disso, e não sou eu que posso ajudá-lo; assim, sobre esse segundo filho em más condições, morto antes de ver a luz e que valerá a Auguste as condolências de Octave, tarjadas de preto e numa língua védica, vou lhe dizer a que ninhos deliciosos nossa loucura nos levou.

É uma quarta-feira de manhã, 7 de junho. O grande barco branco deixou Budapeste na véspera ao anoitecer. Ajudado por uma correnteza violenta, desceu a imensa estrada líquida, demarcada à direita e à esquerda pelas duas margens longínquas que se reuniam no horizonte em sua fuga infinita. Quase todos dormiam: os privilegiados nos bancos estofados de veludo vermelho da sala de fumar da primeira classe; os camponeses, homens e mulheres misturados, com inúmeros pacotes geralmente cobertos de bordados brutais e de cores vivas. No grande céu a lua apagava as estrelas. Eu não conhecia nada dos países que atravessávamos porque nunca ninguém fala deles. No entanto, tinha o sentimento de que deviam ser muito belos, muito nobres. Você vai rir! Você que lembra com emoção nossas tardes dominicais nos Concertos Colonne, sabe o que me fazia mergulhar nessa planície da qual não via nem sabia nada? Os primeiros compassos da Danação de Fausto, que jamais ouvi sem ser tocado por sua lenta e melancólica majestade... Não pude dormir durante essa noite. Sozinho, estava no convés superior envolvido em meu manto, diante... de um ataúde coberto de um grande véu preto bordado com um galão prateado e duas coroas de flores. Essa sinfonia dos negros e dos brancos, ali debaixo da lua, sobre aquele espelho resplandecente, todo esse aparelho náutico pintado de branco brilhante, a boca escancarada dos ventiladores, as ribanceiras negras, o ataúde escuro que formava uma grande mancha muda, a silhueta do capitão andando lá no alto no passadiço, o cochicho dos dois pilotos na popa, e de repente o toque brutal do sino pontuando lentamente o caminho, o toque sombrio do sino da vigia toda vez que no meio da água brilhava uma pequena luz – lamparina de um desses moinhos adormecidos junto ao rio, sobre os quais voltarei a lhe falar –, esse ataúde sempre inquietante diante de mim, com seu sudário negro e as duas coroas noturnas, essa conspiração do silêncio e da horizontalidade de todas as linhas, tudo isso enchia o coração de uma grande serenidade, às vezes perturbada por um arrepio de exaltação, por uma aspiração que as lágrimas teriam saciado.

Em meio ao repouso dos que dormiam indiferentes sobre o veludo dos bancos estofados, procurei o capitão e expliquei meus desejos, dizendo que eu era um pintor e que procurava uma região que conservasse seu caráter integral... As informações concordaram suficientemente para nos fazer descer, ao raiar o dia, numa ribanceira, a uma meia hora da cidadezinha de Baja. Ao longo da estrada, em pastos semissubmersos, pastavam grandes bois cinzentos "à egípcia". Quando chegamos à praça, ao lado da igreja de um barroco bem húngaro, quase esbarramos num bando de peregrinos lamentavelmente pobres, portando estandartes com uma cruz. Com as cabeças descobertas, homens e mulheres salmodiavam pelo repouso de suas almas, com grande cansaço, em busca de um óbolo raro; partiam andrajosos rumo a algum lugar santo. E já estávamos no mercado efervescente, mais atulhado de camponeses que de mercadorias; pois nessas terras – como observamos em seguida – uma ou duas mulheres ficam agachadas o dia inteiro junto a um pequeno cesto de frutas ou de legumes, para vender o equivalente a alguns vinténs. Assim também encontraremos com frequência, ao longo das estradas, duas ou três mulheres que fazem pastar uma vaca, e, nas cidades, uma velha feiticeira segurando pela corda uma cabra que come ervas entre as pedras do calçamento. Mas, para além dos cestos de cerejas, de legumes, e da banca dos açougueiros, Auguste já avistou brilhos de esmaltes e gritou como o vigia de Colombo: "Cerâmicas!".

Havia grande quantidade delas, dispostas no chão como maçãs numa despensa. Não era fácil entender-se com os vendedores, estávamos nos iniciando na pantomima: até aquele momento, sempre havíamos podido falar alemão. Assim os gestos supriram as palavras, e tudo correu tão bem que meia hora mais tarde, depois de atravessarmos muitas ruas debaixo de um sol já escaldante, chegamos a um celeiro das Mil e uma Noites onde Ali-Babá, por sorte, debulhava algumas palavras da língua de Guilherme II de Hohenzollern, imperador e sacerdote do Bom Gosto; com as mãos inchadas do trabalho da argila, nosso homem gesticulava lentamente e sem paixão, acima da multidão muda e sombria de seus vasos, imobilizados desde o inverno na penumbra desses pedaços vetustos de madeira.

Feita nossa escolha, voltamos a descer a escada; apresentaram-nos a avó, que nos apertou longamente as mãos; depois visitamos os quartos, onde se via em toda parte aquele mau gosto de bricabraque de cidade grande que será, na teoria de Auguste, uma pedra angular, uma pedra psicológica! Por fim fomos à oficina, onde o bom homem só trabalha no inverno, ocupado no verão pelos trabalhos dos campos; muito simples, muito rudimentar essa oficina, mas aninhada no fundo de um pátio delicioso invadido de rosas, e onde se ergue obliquamente, formidável, um grande mastro negro arqueado que, ao abaixar-se, permite tirar água do poço. O parapeito desse poço, amigo escultor, não é de pedra de cantaria; rebocado de branco, são verdadeiras flores vermelhas e azuis que o enfeitam na exuberância de sua eclosão. As aldeias da grande planície são admiráveis, e você pode imaginar o grande estilo delas. As ruas são típicas da planície, todas retas, muito largas, uniformes, cortadas em ângulo reto, infinitamente pontuadas pelos pequenos frutos das acácias anãs. O sol esborracha-se ali. São ruas desertas, nelas a vida é furtiva, de passagem, assim como na imensa planície da qual são os escoadouros, os centros vitais. De certo modo, são enormes bastidores de teatro, pois em toda parte muros altos as fecham. Perceba sua impressionante unidade e seu amplo caráter arquitetônico: um só material, um reboco amarelo poderoso; um só estilo, um céu uniforme e as acácias únicas de um verde tão estranho. As casas perfilam-se, pouco largas porém profundas, e cada uma tem sua empena baixa, sem telhado saliente, bem como um frontão no interminável muro sobre o qual avançam a copa das árvores, ramos das parreiras e das rosas grimpantes que enchem de encantamento os pátios de terra logo atrás. Esses pátios, imagine-os como um quarto de dormir, um quarto de verão. Pois

Casa com pátio interno, Kasanlik, Hungria.

as casas apoiam-se todas a igual distância do muro de vedação, e numa única fachada abrem-se as janelas, atrás de uma arcada. Assim cada casa tem seu pátio e ali a intimidade é tão perfeita quanto nos jardins dos padres do convento de Ema, onde nos sentíamos, você deve se lembrar, invadidos pelo *spleen*. A beleza, a alegria e a serenidade concentram-se aqui, e um largo pórtico em arco pleno, fechado por uma porta envernizada de vermelho ou de verde, dá para o vasto exterior! A treliça feita de ripas produz uma sombra verde; as arcadas brancas do conforto e os três grandes muros de cal branca, repintados toda primavera, formam um quadro tão decorativo quanto os fundos das cerâmicas persas. As mulheres são muito belas; os homens, asseadíssimos. As pessoas vestem-se com arte: sedas fulgurantes, couros trabalhados e policrômicos, camisetas brancas com bordados pretos; as pernas nervosas e os pequenos pés nus são de uma pele fina e morena; as mulheres movem-se com um balanço dos quadris que se propaga, como na saia de uma bailarina indiana, nas mil pregas dos vestidos curtos onde as flores de seda emitem chamas de ouro sob o sol. Esse vestuário nos encantou; as pessoas se opõem aos grandes muros brancos e às corbelhas floridas dos pátios e se harmonizam com eles, produzindo, por momentos, um complemento estranhamente feliz às ruas tão destacadas. Ao lhe descrever tudo isso, volto à comparação que fiz há pouco, recordando um grande painel de Isfahan,[3] copiado outrora no Louvre, onde mulheres vestidas de azul constelado de amarelo, de amarelo estriado de azul, se deixam viver num jardim: o céu é branco; animando toda a superfície, uma árvore com folhas amarelas; seu tronco azul expande-se e os ramos portam flores brancas e romas verdes. Na pradaria muito verde, as flores são pretas e brancas; e suas folhas, amarelas e azuis. A alegria brota, surpreendente, desse cenário único. Você sabe quanto esse painel me entusiasmou!... E foi assim na casa do oleiro de Baja e na de seus vizinhos, atrás do alto muro tranquilo atravessado por uma grande porta arredondada para os carros e de uma menor para as pessoas; esta dá diretamente na arcada. Sozinhos, na rua pontuada de acácias de frutos pequenos, entre a exuberância das ramadas e das rosas grimpantes, calmamente se postavam, um defronte ao outro, os triângulos amarelos das empenas baixas.

Digo-lhe, Perrin: nós, civilizados do centro, somos selvagens e aperto-lhe a mão.

VIENA

OS RICOS, PARA AJUDAR OS POBRES, SE DIVERTEM. RESPEITEMO-los! Seria ridículo que eles também se entediassem. Com isso os pobres seriam privados do espetáculo de seus divertimentos e nem a menor parcela da humanidade se alegraria. – Jean Rictus[4] fazia um solilóquio sobre essa matéria, já na segunda estrofe de seu grande lamento...

Assim, hoje é "Blumen Tag",[5] festa das flores, transbordamento de cores e ostentação de luxo. As ruas que levam ao Prater estão repletas de uma multidão imunda. A interminável avenida que marca com um traço sem fim o parque dado pelo imperador à cidade tem passagens laterais, sob os arcos das árvores, cheias de uma massa tão pobre, tão "sem trabalho", que ela encontra um meio de vir a exacerbar aqui seu rancor de desvalida, ou simplesmente de satisfazer sua pasmaceira: povo pobre de Viena (que já conheci há quatro anos), oh, de modo algum simpático, sórdido, de face inexpressiva! Durante três horas andamos a seu lado sem conseguir amá-lo, pois nem Auguste nem eu gostamos de ter piedade... Que meus amigos de *La Sentinelle* me perdoem essas impressões rápidas e superficiais!...

Na nave da grande avenida há uma profusão de carruagens e carros de luxo. Tudo coberto de flores; e, sob esses buquês de efêmeras, outras efêmeras – outras flores, diria o poeta –, mocinhas, belas mulheres sorriem, talvez um pouco depravadas, um pouco excitadas de desejos. Senhores de preto fazem os segundos violinos na orquestração das cores e servem inevitavelmente de tema às intrigas que se criam com rosas lançadas, lírios cinicamente oferecidos. Essas festas vienenses, afogadas numa atmosfera de egoísmo e aristocrática depravação, são contadas por William Ritter, muito perfumadas e mórbidas, em *Seus lírios e suas rosas*.

Quanto a nós, acabrunhados pelo calor da tarde, só observamos superficialmente; sem nos envolver no entrelaçado dos flertes chiques, apenas registramos a mistura de cores elegantes dos veículos, rosa ou azuis ou amarelos ou verdes, ou ainda vermelhos, cruéis, ou pretos e brancos, cinza e brancos, cinza ou brancos, completamente brancos. No foguetório das cores, muito hábeis são duas damas que saem a passear sob um dossel de papoulas brancas com sementes pretas. Constatamos que as flores naturais são eclipsadas pelas flores de papel; muito benfeitas e desproporcionais, estas se destacam ao longe, no cintilar das idas e vindas, como estrangeiras dos trópicos em torno das quais se fazem cheirosas nossas rosas da Europa, nossos íris e grandes lírios envenenados de perfumes.

Ocorre também de nesses cortejos frívolos, nos quais somas fabulosas se gastam em esforços de beleza, a finalidade se perder: pois, se o detalhe picante aparece, o conjunto sofre, não existe. O que é compreensível, pois ninguém se preocupou com isso. Mas a unidade é tão poderosa que salva a situação: assim, através da colunata escura dos troncos de árvores que carregam o berço imenso e a perder de vista, o desfile é assombroso; o olhar perturba-se, um pouco desnorteado por esse cinema-caleidoscópio onde dançam combinações de cores as mais vertiginosas. É simplesmente a Viena chique a divertir-se, e a Viena pobre assistindo ao espetáculo...

Ao pôr do sol. – No arrabalde cheio de árvores estende-se um grande pátio margeado de pavilhões baixos, perfurados de arcadas. Dois pilares dão-lhe acesso e, no lado oposto, uma barra amarela o delimita, marcada pela linha regular do verde-escuro das janelas: um grande palácio expõe-se ali, segundo o gosto majestoso de Luís XIV. Atravessa-se, no interior mesmo do palácio, essa grande superfície impassível, e de repente se abre, sem preparação, o espetáculo de um jardim à francesa, mas um jardim estupendo. Simples a ponto de parecer pobre! Mas colossal! Um canteiro que parece quadrado, imensamente largo e profundo, completamente plano e no qual se adivinham, no breve estreitamento da perspectiva, os compartimentos geométricos e os bordados de buxos. Nenhuma árvore perturba essa superfície onde tudo se expõe. No entanto, à direita e à esquerda, subitamente erguidas, há duas formidáveis muralhas de verdor, talhadas a machado, inflexivelmente lisas, inflexivelmente horizontais. E, de uma altura enorme, desconcertante, toda matizada de cores, percebe-se a seus pés a multidão que passeia. Uma colina, ao fundo, detém a visão, coroada de uma tristíssima colunata. Mas, se nos voltamos, é novamente a grande barra amarela, a grande muralha com seu ático tranquilo, nobremente erguida e escandida pelo verde-escuro da série de janelas fechadas.

Sombreada nesse quadro distinto, a Viena do velho "aristocrata" sobrevive. Nas salas escuras e quietas, com móveis cobertos de tecidos, os retratos nas paredes evocam, cochichando, as lembranças pomposas do Schoenbrunn[6] de outrora – enquanto no pátio se agitam as carruagens e, entre os compartimentos de bordados à francesa, como borboletas de seda, cortesãos se ocupam de seus assuntos minuciosos...

O velhote aficionado de arte nos aperta as mãos. Batemos à sua porta, sem mais, para satisfazer nossa paixão pela pintura impressionista. Alguns quadros do cavalheiro são belos e lhe dizemos isso abundantemente. Frias desventuras devem suceder ao pequeno colecionador, que aplicou uma quantia fabulosa em quadros minúsculos! Há uma infinidade de pinturas ruins, dessas que existem como bíblias de avó, que ele arrancou aqui a dez mil coroas, ali a cinco mil somente. As pessoas que ele leva a percorrer as paredes crivadas de celebridades divertem-se inoportunamente e lançam o elogio de viés. A iluminação é péssima e o ambiente, infecto; os móveis são de mau gosto. Mas o pequeno colecionador tem quadros de Manet, de Courbet, de Delacroix! Suas joias enchem-no de um orgulho inquieto que solicita a aquiescência, a admiração, a comunhão dos outros; e ele absorve com avidez nossas exclamações. – Pensando nesse velhote, nesse ambiente e nessas obras de mestres, um mal-estar se apodera de nós. Não seria ele apenas um esnobe, um apaixonado patológico, sem amor sadio nem racional pela Arte?...

Eis-nos na rua discorrendo sobre os colecionadores de quadros. Auguste ouve o relato de uma visita análoga que fiz recentemente em Hagen, na Vestefália,[7] a um mecenas célebre cuja alma é a de um precursor. Em sua casa de campo, construída pelo grande artista Van de Velde, vivem as obras dos titãs modernos. No grande vestíbulo, enquanto se espera o dono da casa, há um colóquio emocionado com cinco mulheres que oferecem flores místicas a uma criança extasiada: "O Eleito", de Hadler, faz pressentir, já no limiar dessa morada, a alma daquele que a habita;* na sala de música, um grande Vuillard e uns Van Gogh atormentados, uns Gauguin tranquilos; e as paredes, de novo, criam com os móveis um estado de alma. Pela grande janela do estúdio, as formas amplificadas de um Maillol embranquecem sob a luz do jardim... Não há um canto dessa casa onde não se guarde o sonho. A impressão é profunda, aos poucos sentimo-nos tomados de uma admiração, de um afeto de irmão por esse homem jovem que sorri nesse quadro e procura espalhar os raios de sua inteligência superior e de sua bondade.

Mas vejamos a pintura vienense de hoje, ultrapassemos o limiar, que marcou época, da "Secessão". Na sala de honra, deparamos (que decepção!) com *Monsieur* Roll... de Paris! *Monsieur* Roll, de Paris, um dos "grandes" da "*Nationale*",[8] ou dos "Franceses", anfitrião da Secessão Vienense! Curioso nome para o movimento! Assim nossos entusiasmos arrefecem e, enlouquecidos, buscam ao longo de outras molduras o maná da consolação. Esforços inúteis: a banalidade se expõe, a mediocridade se exibe. E rapidamente tornamos a passar sob a cúpula outrora simbólica dos triunfos de Klimt e de Hodler,[9] para tomarmos, de novo na Karlsplatz, e arrependidos pelos vinténs jogados fora, o caminho para "Hagenbund"!

* Estamos em 1910.

Hagenbund, numa nota menos ruim, nos mostra os esforços de uma outra associação de artistas – mas nada nos ensina. Sem hesitação, renunciamos, de comum acordo – Auguste muito furioso, eu muito aborrecido. Vamos à Künstlerhaus, a exposição dos artistas reacionários de Viena.

Meu Deus, onde haverá matéria para a emoção? Passamos, muito fatigados, pela obra de Koloman Moser, exposta na galeria Mietke... Ah, mas que raiva, então, da pintura moderna de Viena! Desta vez estamos sem rumo. Nem o Luna Park, nem o Klein Venedig, no Prater, nos salvarão do desastre!

A Moderne Galerie, onde pendem alguns famosos franceses, está fechada! – Terá vindo do céu a inspiração que nos conduz, através dos vestíbulos e corredores pomposamente repugnantes da Galeria Imperial, ao velho Pieter Breughel, esse grosseiro e poderoso *pintor*, apaixonado pela vida, esse imaginativo extravagante, estilista grandioso e espantoso impressionista, nascido trezentos anos antes de Courbet? Pieter Breughel que canta com toda a sua alma, em suas "estações" e em suas "Quermesses", a alegria de viver, sua admiração e seu amor por essa boa Terra onde ele se sente bem, que lhe dá força e alegria, porque está cheia de beleza e de saúde.

É ali que encontraremos a pintura em Viena, mais do que nas esplêndidas superficialidades de Velázquez, mais do que nas carnações de Rubens, tão poderosas em Munique, mas aqui repulsivas.

Viena vale por sua música (que aproveitei muito outrora, quando Mahler regia a orquestra) e por sua arquitetura barroca. Elas desaparecem hoje, as nobres igrejas, as casas principescas dos séculos XVII e XVIII, sob a invasão da engenharia moderna, o ambiente é massacrado sem piedade e precisamos buscar refúgio nos retiros dos velhos parques à francesa – Schoenbrunn e, quase melhor ainda, os jardins do Belvedere. Uma desatenção fez-me esquecer o Augarten. Podemos também nos consolar do mau gosto que inunda os bulevares com uma arquitetura pretensiosa e grandiloquente, essencialmente vienense, partindo em busca das últimas criações de arquitetos da escola jovem: obras repletas de bom-senso e doidas ao mesmo tempo. Mas essa consolação não é acessível a todos, pois, na efervescência insensata dessa cidade demasiado densa, é preciso, para descobrir essas obras, quase um faro profissional.

De modo que, em última instância, a impressão de Viena permanece tristonha, mais uma vez e não obstante esforços de assimilação sinceros, abafados por uma atmosfera de grandeza financeira sem gosto, que pesa, esmaga e ofusca. Tristonha permanece a Viena de hoje, para nós que apenas passamos por ela, sem penetrar até sua alma.

O DANÚBIO

O EXPRESSO DO ORIENTE NÃO SE DEMORA. ATRAVESSA OS PAÍSES, mugindo, apenas resfolegando alguns minutos na triste parada das grandes estações – insensível às belezas naturais que o acompanham ou que ele perturba. Com ele é preciso resignar-se, tanto na ida como na volta, a nunca ver, na planície onde corre o Maritza, elevar-se na colina de Andrinopla o *Gloria Deo* de suas três incomparáveis mesquitas. Renunciamos ao Expresso do Oriente.

No mapa, um rio colossal corre dos Alpes ao mar Negro, escoa durante dias através de planícies que nos dizem ser quase desertas, e que ele inunda sempre. – No mapa, os traçados vermelhos das vias férreas não se aproximam dos meandros azuis, exceto aqui ou ali, onde os atravessam. Para assegurar no percurso do Danúbio o trânsito de viajantes e mercadorias, grandes barcos com rodas, brancos, foram construídos. Eles descem e sobem o rio, cotidianamente durante o verão, mais raramente no inverno. A instalação de bordo é muito confortável. A parte dianteira de um porão, que abriga dormitório e restaurante, serve de segunda classe, completada por uma sala de fumar e um convés descoberto, varrido por ventos terríveis. A maquinaria separa da primeira classe.

É junto às exalações fétidas de óleo queimado que se empilham os camponeses com seus inconcebíveis pacotes: homens rudes, vestidos à moda antiga, eles degustam assim as primícias de uma civilização europeia que enche seus olhos de atrativos, que os fascina e que irá transtorná-los. Veremos seus adornos mudar com as fronteiras – Áustria, Hungria, Sérvia, Bulgária, Romênia. Dos bordados coloridos da *puszta* (planície húngara) aos escuros e espessos da Sérvia, do agasalho de pele branca ao de pele negra, das lãs brancas com manchas pretas àquelas naturalmente castanhas, como as fornecem os milhares de rebanhos que povoam os Bálcãs. Às vezes veem-se homens selvagens, cobertos de pedaços de tecidos presos ao corpo por uma trama de fios; o despir-se diário lhes seria penoso; são os que pernoitam com suas ovelhas e seus cavalos sob as estrelas, na *puszta* monótona ou nos áridos Bálcãs. – A primeira classe de nossos grandes barcos é muito boa. Veludos vermelhos em toda parte, bom gosto, flores nas mesas da sala de fumar. E, no convés muito vasto, em grupo, bancos confortáveis, cadeiras de balanço, debaixo de uma grande tenda protetora. Come-se e bebe-se sem gastar muito. O preço do trajeto é insignificante: por dez francos pagamos um bilhete de estudante, de Viena a Belgrado, na segunda classe. Mas, ricos como os mendigos da Espanha, dificilmente nos resignamos ao desconforto da proa. Toda vez que subimos num barco, contamos ao oficial que comanda esta simples história: "Perdão, meu capitão, a primeira classe é ultrajantemente mais chique do que a segunda; pensamos que, como estudantes...". E eles pensarão da mesma forma, esses cavalheiros agaloados, sejam vienenses, magiares ou romenos. E foi assim que descemos o

Danúbio por alguns francos, em cadeira de balanço sob uma tenda protetora e entre os veludos da sala de fumar!

O embarque é às dez da noite, num canto da periferia de Viena, com uma multidão de camponeses carregados de sacolas e cestos, desejando, como nós, aproveitar a noite gratuita oferecida pela Companhia, pois a partida só será de manhã. Essa gente possui um bilhete de terceira classe; vão se amontoar uns contra os outros, ao lado, acima e embaixo de seus pertences, para ficarem aquecidos nesse convés aberto a todos os ventos. Nessa primeira noite não usufruímos os veludos já citados. Os bancos, onde todos logo se estendem, são cobertos de encerado. Outros viajantes que chegam gostariam de arranjar um lugar, mas todos dormem profundamente. Eles se vingam, quase a noite toda ficam jogando cartas, acompanhando a batida dos punhos na mesa com interjeições usuais nesse jogo. Os charutos formarão uma névoa densa, insuportável aos olhos tanto quanto a luz deixada acesa. Depois, haverá um velho encatarrado tossindo a noite toda e praguejando, cada cinco minutos, contra uma canalha imaginária. – Há pessoas com ideias preconcebidas; a Europa cria lendas sobre o tema do Oriente, e assim quer que tudo seja sujo nessa terra onde, afinal, tudo é bastante limpo. Auguste mesmo delira às vezes à noite, partindo em guerra contra bichinhos invisíveis. Os viajantes respeitáveis subiram a bordo ao amanhecer e o barco partiu, contra um vento forte, rumo a Budapeste. Que dizer dessa travessia, eu que não sei escrever? Quando muito recebo – massa de modelar ainda pouco sensível – marcas amplas mas imprecisas, como as que nos transmitem, em suas formas infantis, as terracotas feitas há milhares de anos pelos povos jovens, nestas terras onde escrevo. Para evocar é preciso ter dominado seu tema. Mas eu fui subjugado, esmagado. As impressões – confesso – foram enormes, inesperadas. Lentamente se apossaram de mim. Essa viagem de três dias a Bucareste, fizemo-la em catorze. Ficamos no convés, sempre a olhar um espetáculo uniforme, mas que variava aos poucos: nossos livros permaneceram fechados sobre os joelhos. Foi uma grande felicidade, uma serena alegria. Que me perdoem estas poucas linhas, pálidas, incapazes! A água suja da cidade grande logo se faz nacarada, depois azul: valsamos deliciosamente sobre o "Danúbio azul" de Strauss. Acreditei então num azul de lixívia, mas era um nácar líquido que chegou até o opala, ao anoitecer. Descíamos na correnteza rápida desse rio imenso. Em imaginação eu remontava o rio para além dos Alpes e lembrava-me de uma noite em que, partindo para Berlim – bastante angustiado –, tive uma visão lancinante: visão de um cemitério que me sorria, pendurado ao monte de Donaustauf, não longe de Ratisbona;[10] era a imobilidade absoluta de uma grande serpente vermelha completamente enterrada na planície marrom invadida pela noite. Tanta calma me fez mal. Em imaginação, novamente, eu descia o rio na direção indicada pela proa do barco. Belgrado jazia numa curva, porta mágica do Oriente. Vinham a seguir os ecos trágicos do desfiladeiro de Kasan, sangrando de combates seculares. As "Portas de Ferro" eram as legiões romanas em quadra onde se ergueram as "águias" de Trajano. Eu podia vê-la, essa Via sagrada, desmaiar no ouro dos trigais romenos, onde o céu se aniquila na luz e onde o ruído se calou para sempre. E, mais abaixo, a doação inteira dessas águas ao Oriente. Eu seguia, perturbado, essas peripécias que seriam minhas.

É uma solidão inacreditável. Durante horas nada se vê à direita e à esquerda, a não ser um horizonte de árvores pequenas na distância e azuis sob a luz. O rio as alcança e as afoga. Fiordes parecem se abrir, pondo o céu nessa pequena faixa de terra. Fantasma branco, nosso barco flutua num elemento inapreensível. Como diferenciar esse céu do rio que o absorve? Toda vida está agora apenas no céu. Drama das nuvens que o rio repete, recita gaguejando através do véu de suas vagas.

Nenhuma casa. Nenhum barco subindo o rio. Às vezes, porém, um imponente rebocador e seus satélites, em sua negra marcha solene. Avista-se, aqui e ali, um pequeno pontão de ancoradouro, o casebre de um vigia. Dali parte uma estrada que se afunda na grande *puszta*. Carruagens esperam no pontão com corcéis fogosos e cocheiros que outrora pertenceram às hordas de Átila, magiares orgulhosos e enfeitados de galões. Logo se afastam e a vida se perde com eles num turbilhão de poeira. O silêncio voltou, solidão mais uma vez. Em pleno meio do rio, uma fila de moinhos construídos sobre barcaças amarradas, moinhos muito pequenos, encantadores, fechados como uma arca; são flanqueados de uma grande roda mais espessa que alta, feita de aros leves munidos de pás cinzentas, cinzentas como a arca, aliás, no cinza luminoso da paisagem. Fazem pensar na China, esses pequenos moinhos finos como peças de bambu delicadas.

De manhã, uma rocha épica, esfingética, havia surgido. Em sua cabeça formidável, uma longa coluna sustentava uma Virgem, enquanto na relva crua de seu dorso se eriçavam ásperas placas castanhas perfuradas, restos de antigas muralhas e furiosos torreões. Presburg[11] elevava num monte o cubo de sua fortaleza. Depois,

Eztergom, catedral vista do Danúbio.

essa guerreira aparição se desfez no azul e no cinza da planície. A *puszta* de novo se estendia, indefinidamente.

Parece que estou em algum rio do Amazonas, tão longínquas são as margens e inexploráveis suas matas. As pequenas nuvens redondas da tarde abrem olhos vagamente brancos. Nada mais se vê agora senão uma horizontal, que os meandros tornam contínua de um lado a outro.

Se eu fosse pescador ou mercador vivendo nessas margens, religiosamente talharia no bosque, um pouco à maneira chinesa, um deus que seria esse rio e que eu adoraria. Eu o colocaria à proa do meu barco, mirando vagamente para a frente, sorrindo como no tempo dos normandos. Minha religião, porém, não seria de terror: serena, sobretudo admirativa.

Esztergom aparece, silhueta estranha: um cubo e uma cúpula apoiada sobre muitas colunas. De longe, é como a promessa de uma maravilha. Cubo que possui um ritmo admirável e que os montes nascentes apresentam como uma oferenda nesse altar que lhe fazem. Enfim, na hora em que tudo se abandona à poesia, sob um céu esverdeado, o rio pareceu um imenso leque de lâminas pretas e douradas, em grandes ondas diluídas de rosa; e, surgindo, montes nos cercaram, de perfis voluntariosos. Evocação violeta de uma Grécia que assim desejávamos, porém mais arquitetônica ainda. Pois lá os montes serão de pedra e o leque será o mar. Descemos em Vacz, que jaz tão ternamente nas folhagens de acácias. Não convinha terminar em Budapeste essa jornada inesquecível.

No dia seguinte, ao meio-dia, sufocamos na planície. Um trem de subúrbio nos leva lentamente a Budapeste. Está cheio de camponeses endomingados. Belos tipos de homens: jovens, nervosos, vestidos de um preto luzente que segue um corte ajustado. Trazem rosas na lapela, três, quatro ao mesmo tempo, ou no chapéu. As mulheres são morenas, como de uma matéria dura, enérgicas. Seus trajes, em tom menor. Também levam rosas na mão, de carne, de sangue, de âmbar ou de alabastro. Cores que pintam painéis decorativos sobre o preto de seus aventais, como se veem nos museus históricos, arte de ricos camponeses do século XVIII.

Por que eu falaria de Budapeste, se não a compreendi, se não a amei? Ela me pareceu como uma lepra num corpo de deusa. É preciso subir à cidadela para ver o irreparável dessa cidade malograda. A seu redor, um vibrante organismo de montes que palpitam. Uma efusão generosa de fluido nacarado sobe lentamente da planície. O Danúbio rodeia os montes, condensa-os num poderoso corpo que vê à frente a extensão sem limites. Mas nessa planície estende-se uma lenta fumaça escura, na qual desaparece a rede das ruas. Oitocentos mil habitantes amontoaram-se ali em cinquenta anos. E a desordem, sob formas pomposamente enganadoras, tornou essa cidade suspeita. Alguns admiram a imensidão dos prédios públicos. Eu não consigo, chocado de saída pela exibição de estilos diversos e opostos. Estão à margem do rio, mas não lhe fazem um cortejo harmonioso. Na altura, um palácio monstruoso encosta-se a uma igreja antiga recentemente restaurada.

No entanto, nesse mesmo monte, mais perto da cidadela, casebres antigos são como uma floração entre as acácias. Moradias simples. Elas se unem por muros de onde brotam as árvores. Nascem naturalmente nesse terreno movimentado. Ficamos horas

Casa nos arredores de Budapeste.

nesse monte pacífico, vendo acender-se, no Taban invadido pela noite, as pequenas luzes tranquilas dos serões. A calma era grande. Súbito, elevou-se uma lenta e inefavelmente triste melopeia. Era um saxofone ou corne inglês; eu escutava com mais emoção do que ao ouvir o pastor flautear seu velho canto na morte de Tristão. Estranha consonância grandiosa na natureza adormecida.

Sabem vocês, leitores, que meu belo e grande Danúbio foi mutilado por um "tipógrafo" e por suas tesouras? Seus pequenos moinhos cinzentos me impressionaram muito na noite em que descemos de Budapeste a Baja. Havia sob a luz um grandioso complô de silêncio, de preto e branco e de imutabilidade. O vigia pontuava o silêncio com um toque de sino tragicamente solitário, toda vez que aparecia, lá longe, a luz de uma lanterna suspensa acima das águas... Disto, as tesouras do redator-chefe de *La Feuille d'Avis*, de La Chaux-de-Fonds, fizeram-lhes ver um tolo enrolado como Napoleão num manto, de pé sob a lua e o vento frio, sozinho diante de um ataúde! Só faltou o "ser ou não ser" que em tais circunstâncias podia ser citado. Depois – quero livrar-me desse "tipógrafo"! –, os pátios de Baja deram-lhes a sensação desagradável de uma descrição incoerente, incompreensível! Pobres pátios! Retirem de um homem a cabeça, um pedaço de torso, uma perna, e façam disso um retrato! As ruas de Baja, grandes canais abertos na planície, tornaram-se "desvios" nessa planície, quando deviam ser "desaguadouros". Sei que as tesouras agiam com benevolência, visando à depuração de um estilo incerto. Reconheço a intenção caridosa, mas agradeço. Pois, permitam ainda que lhes diga isto, leitores a quem fatigo: não lhes ofereço literatura, pois nunca aprendi a escrever. Tendo educado meus olhos ao espetáculo das coisas, procuro dizer, com palavras sinceras, a beleza que encontrei. E meu estilo é confuso, como ainda é confusa a minha compreensão das coisas. O "tipógrafo", nos primeiros dias, quis evitar a cólera de um tio! Um de meus tios se teria irritado por eu confessar a vocês nossas diferenças de ideias! O tipo quis então, nesse primeiro artigo, que um *amigo* fosse persuadido de minha deformação de pensamento e não um *tio*. Mas era um tio, e assim o caso se tornava mais divertido. Passar a vida inteira sem nunca contestar um pouco os familiares seria provocar sua vingança na hora do testamento, por causa de tanta indiferença!

Enfim, gostaria ainda que lessem, nos parágrafos dedicados às cerâmicas populares, que sua cor é *geralmente* simbólica e não *sempre*. – E cá estou a falar novamente de cerâmica! Inclinação fatal que me desvia do meu caminho! Ao vigiar Caríbdis caio em Cila! – e continuaremos a descer o Danúbio entre Baja e Belgrado: a onda morde as pradarias estendidas muito longe, perfuradas de poças d'água e semeadas de enormes esferas cinzentas – vimes gigantes pregados a troncos de um tal diâmetro e tão atormentados que mais parecem rochedos. Cavalos povoam essas extensões que bandos de gansos cobrem de neve. Todas as coisas dispondo-se numa linha horizontal sobre a qual se acumulam e se justapõem – na qual se confundem. É como, em geometria, um plano visto pelo corte. Esse plano é a *puszta* sem limites com seu fervilhar de vida. Algumas garças-reais elevam-se pesadamente e evoluem, apresentando as fases decorativas que aparecem com tanta verdade nas gravuras japonesas. Raramente, não muito alto, passa uma águia.

Discute-se muito, em certo momento, a propósito de estética: um estudante de arquitetura de Praga, conhecido na véspera, despeja anátemas contra algumas pontes de ferro lançadas ousadamente sobre a água. É sempre o mesmo modelo: uma longa barra rígida e vazada, obra-prima de leveza e de técnica.* E, porque imagina a atmosfera do escritório no qual foram calculados esses ferros e parafusos, nosso homem tem apenas desprezo por eles. Defendemos a bela técnica moderna e dizemos tudo o que devem a ela as artes, de expressões plásticas novas e de realizações ousadas, e o campo esplêndido que oferece ao construtor liberto das servidões clássicas. A Halle aux Machines e a Gare du Nord, de Paris, bem como a de Hamburgo, os automóveis, os aeroplanos, os barcos a vapor e as locomotivas nos parecem argumentos decisivos. Mas o homem continua enfurecido: tem saudade da folha de acanto e do Poseidon em ferro fundido, nessas traves longas que correm como um expresso e não retêm nem perturbam mais o espírito.

Na noite avistou-se Belgrado. E por dois dias inteiros nos desiludimos – ó quão fortemente, quão definitivamente! Cidade cem vezes mais incerta que Budapeste! Porta do Oriente, a havíamos imaginado fervilhante de vida colorida, povoada de cavaleiros resplandecentes, enfeitados, portando penachos e calçados de botas laqueadas!

Capital irrisória. Pior: cidade desonesta, suja, desorganizada.** Uma situação admirável, de resto, como Budapeste. Num lugar

* Uma dessas pontes é obra de Eiffel.

** Essa impressão é de 1910. Eu tinha 23 anos. A Sérvia estava então subjugada pelos Habsburgos havia muito tempo. A revolta irrompeu em Sarajevo (junho de 1914) e desencadeou a Grande Guerra de 1914-1918.

retirado, um museu etnográfico delicioso, com tapetes, vestimentas e... cerâmicas, belas cerâmicas sérvias, das que iremos buscar no alto dos Bálcãs, em Knajevaz. Chega-se ali por uma pequena ferrovia belga, vertiginosamente insegura, pendurada ao longo da fronteira búlgara. Junto dessa ferrovia, na mesma ravina, constrói-se uma nova linha dita "estratégica". Está exposta aos disparos dos fuzis búlgaros e, dentro de um ano, suprimirá a exploração da linha belga. O engenheiro francês que nos conta isso, ocupado com a abertura de um túnel, choraria muito diante de tal insensatez.

Continua-se a pé e em carriola. Ideal, o campo sérvio! As estradas recendem a camomila. Os trigais agitam a planície e, mais além, nos platôs, as infinitas plantações de milho desenham no violeta-escuro das terras um arabesco expansivo, indolente e cheio de lassidão. – O cemitério de Negotine é típico. Teremos que falar também dos cemitérios, mas esperemos Istambul.

É uma piada o desfiladeiro de Kasan – um "blefe" de palavras sonoras. Um amigo escrevia-me neste inverno, em Berlim: "e aquilo não valeu mais, apesar do céu que se fez escuro e cheio de raios". Portas de Ferro! Não as encontramos, ou melhor, não soubemos fazê-las reviver! Um dique moderno e completamente ineficiente lhes é um estigma flagrante do filistinismo de um técnico sem alma, e sois privadas, para sempre, do privilégio de ser evocadoras! Trajano arranhou um pouco seus rochedos e entalhou – sim – uma belíssima inscrição.

E o Danúbio foi bem diferente ao sairmos dali: violento, escuro, agitado. É a Bulgária. Em frente das dunas também, nuas e pardas, ou então a planície inundada: é a Romênia. O silêncio e a solidão obstinam-se em torno dessa alma trágica agitada de marulho. Antes da curva de Belgrado, tudo era tão sereno, tão azul! Aqui somente cumes redondos, às vezes desmoronados, de terra amarela que uma erva, em alguns pontos, tenta cobrir. Nenhuma árvore, nenhum arbusto: a aridez em toda a sua grandiosidade. Não há casas. O único sinal de vida é a rebentação atormentada do rio que bate, esta manhã, eriçado de cristas de espuma, nas margens austeras e mudas. Uma colina, de repente, move-se e desaba. Pensamos numa súbita avalanche, num deslizamento de areia escura: são ovelhas em grandes rebanhos que um pastor – ponto negro no céu – faz avançar à sua frente.

Em algum oásis, no regaço de duas ou três dunas opostas, uma aldeia se esconde. Telhados violáceos e fachadas recentemente repintadas desaparecem sob as acácias. É o décimo quarto dia depois de Viena; à noite estaremos em Bucareste. Não tornaremos a ver o grande rio, nosso novo amigo. Dentro de oito dias, o atravessaremos durante alguns minutos para ir à Bulgária e, dirigindo-nos à passagem de Schipka, tomaremos o rumo decidido do Oriente.

Havíamos estado em Negotine, na Sérvia, no pátio de um albergue, cercado de muros brancos e coberto de um parreiral. A sombra é verde sobre as toalhas. Ao redor, o sol do meio-dia assa a planície. Uns trinta convivas, burgueses de província, celebram um casamento e observam uma calma entediada. Alguns tentam, de vez em quando, um brinde sem verve. Um sujeito gordo e sanguíneo discursa, porém, com virulência e olhos furibundos, até que a aprovação se expressa em ruídos diversos e de circunstância. Mas ali há uns ciganos, dez ou quinze homens, reunidos na ponta da mesa. Eles tocam e cantam, quase sem parar, uma música estranha. Nossos ouvidos dificilmente se habituam a essas assonâncias e a esses ritmos novos; a educação musical ocidental restringe-se demais a nossas próprias criações; e mesmo assim os concertos só nos revelam um pouco dessas – uma média aceita, de bom-tom –, nada de muito novo e nada também da música de outrora.

Mas o pátio enche-se de sons e, alguns quartos de hora mais tarde, eis-me inteiramente cativado e entusiasmado. Voltam-me as lembranças da "Capela russa". Havia lá combinações novas, infinitamente mais decorativas – como das sopranos superagudas de coros de mulheres, das vozes de falsetes e dos corais de crianças. Aqui também são timbres novos, não por causa de seus instrumentos, semelhantes aos nossos, mas de suas combinações rítmicas e harmônicas. Além disso, trata-se de um simbolismo musical que ignoramos, impossível entre nós, em nosso período de individualismo. Assim como havíamos sentido, na voz dos Slaviansky de Agreneff da Rússia,[12] os rios imensos e lentos rolarem pelas estepes sem limites, assim também ouço em Negotine a voz do deus que eu teria adorado em meu barco: o grande Danúbio e a *puszta* que o beija, a ele, o dominador sereno. Ou melhor, são os hinos a esse deus, os suspiros, os langores e sobressaltos violentos de seu povo acampado nessas terras imensas que impelem à mobilidade, à vagabundagem sem fim, à liberdade ciumenta, pertinaz, integral – e que despertam em cada alma o sentimento de uma grande dignidade. Um povo canta, acocorado junto às cinzas de uma fogueira nos crepúsculos rosa, verdes e azuis, e entrega-se à alma ardente que o agita. E essa planície, essas estepes e essas flores, que apenas suscitam o sentimento das coisas sem permitir sua percepção, não podiam exprimir-se senão pela música, arte da subjetividade e do sonho.

Nosso belo Danúbio deifica-se no canto e no divertimento dos ciganos. A forma é a de uma *csardaz* húngara – violinos, *cellos* e contrabaixos, mas sem os diabólicos címbalos. O chefe, de pé, bardo popular, canta o canto de seu povo. Inventa grupos, conforme a emoção que o agita; os elementos são seculares. Nada fixado de antemão. Ele diz seu credo e os outros se lamentam ou se extasiam, ou irrompem em gritos, fiéis a seu pensamento. Um único *frisson* perpassa esse punhado de sensuais.

A voz solo narra um doce pensamento – ou então é a corda mi, sozinha. De repente, o bloco se quebra e dele sai um cubo de música; todas as vozes partem em uníssono e os instrumentos ornamentam o fundo, com *pizzicati* ou arabescos serpentinos. O bardo recita um novo pensamento que comove a *csardaz*; e todos põem seus prantos nas cordas escuras. Ele canta sozinho, o bardo, um sonho de esperança; e a alegria surge como uma torre formidável cercada de clarões de aço, tinidos de armas sob o sol glorioso... Mas eis que o grande rio transborda; a voz grave agita com tremores as cordas grossas dos contrabaixos; enquanto uma voz solo se eleva como uma elegia, a noite cai completamente azul; a horizontal infrangível separa, unindo-os, muito longe, a terra vibrante e o céu iluminado de estrelas... Somente o bardo está de pé. Tudo termina numa geometria grandiosa. Bach e Haendel atingiram as mesmas alturas, e os italianos do século XVIII também. Os hinos foram como grandes quadrados dispostos como torres. E muralhas denteadas, nas quais corria um arabesco, os ligaram. Justamente na véspera, de manhã, tínhamos visto na beira do rio vinte e seis torres quadradas flanqueando um grande muro severo.

O rubi das garrafas que se esvaziam no pátio do albergue é requintado, proveniente de cepas bordelesas cuidadas na colina por especialistas franceses. São artistas também, esses viticultores que permitem ao homem derramar no estômago essas porções inteiras de paraíso; o que faz, é verdade, divagar um pouco e andar de atravessado. Mas, afinal, somente os animais marcham sempre reto e nunca saem do caminho! Aos dois que se casam, não se toca música do Moulin Rouge. Bravo! – Mas as pessoas que os cercam (parentes, amigos), aborrecidos ou indiscretos, parece-me que têm o sentimento de sua inutilidade neste lugar. Usam o rubi das garrafas para aliviar seu mal-estar; querem sentir-se alegres num dia qualificado de "festa" – ou mergulhar num torpor tranquilizante. Também eu bebi minha cota do vinho de Negotine. E, perdido em algum devaneio, sinto um drama psíquico unir estas seis criaturas – um homem, uma mulher, duas mães, dois pais – neste pátio onde os ciganos deixam falar a raça, o grande povo dos mortos pelas canções seculares. Os ciganos elevam ao casal suas vozes carregadas de pensamentos; e sua música abre um fosso diante dos aborrecidos que instalaram aqui costumes ridículos. Eu queria mandá-los ao diabo, esses importunos! Queria ver essas duas mães, de quem um filho e uma filha são retirados, e esses dois pais, que firmam uma aliança e unem suas linhagens como no tempo dos patriarcas, e esse casal que vai receber a última dádiva – queria vê-los não falando, comendo uma refeição ligeira, evitando as emboscadas dos vinhos sorrateiros, sentados numa peça branca com paredes nuas.

Ali se elevaria a melopeia da planície imensa que proclama a imutabilidade, e a voz do rio que diz o eterno movimento. As grandes estrofes encheriam o quarto branco e nu, e a seiva da raça penetraria a sensibilidade dos corações. Quando o desenho das linhas melódicas tivesse se resolvido, eu queria ver as duas mães irem embora, unindo lágrimas de alegria e lágrimas de saudade, e os dois pais falarem do futuro, citando o passado. E queria que ficassem sozinhas na sala branca e nua essas duas criaturas que, nos dias passados e vindouros, não encontrarão um minuto equivalente a este!

Auguste não parou de extrair o rubi das garrafinhas. Mas, coisa rara, não suportou isso bem, e nessa noite passou mal!

BUCARESTE

(Carta a uma dama que me declarou um dia sua admiração por Carmen Sylva, rainha da Romênia.)

SENHORA,

Não lembro onde foi, nem quando! Mas certamente Carmen Sylva acabava de publicar algum livro requintado, e *Les Annales* fizeram o retrato da rainha-poeta, e a senhora foi tocada pela simplicidade de seus atavios, pela delicadeza de seus cabelos grisalhos e de seus olhos acolhedores. E *Les Annales* proclamaram que alma de artista ardia por trás dessa aparência modesta!

Mas eis que me vejo prestes a demolir seu ídolo, minha senhora, porque conheci o palácio onde ela brilha! Há de conceder-me, não é mesmo? Que as paredes de uma morada refletem a alma que a habita, e, considerando que julgo apenas pelo que meus olhos mostram, há de perdoar-me, após ter lido isto.

Mas a senhora conhece El Greco! Exatamente: Domenikos Theotokopoulos. Um ressuscitado de três ou quatro anos. O milagre aconteceu no Salão de Outono de 1908. E foi uma alegria muito grande, para os amantes da arte, essa exposição retrospectiva e reabilitadora. Para os historiadores da arte, obstinados com os Murillo, os Zurbarán e os Velázquez, El Greco era um incidente cronológico nem sequer assinalado. Diante do mestre, os valetes acima citados haviam acintosamente levantado a cabeça durante trezentos anos. E, no entanto, Cézanne já morreu! E Cézanne foi um dos que mais amaram El Greco e nele buscou o modernismo que esse precursor inscrevera, havia trezentos anos, em suas telas. É verdade que os grandes salões de pintura da segunda metade do século XIX fecharam decididamente, e todo ano, suas portas ao genial Cézanne. Esse "honesto" acabou morrendo ridicularizado pela multidão – mas grande sacerdote, é verdade, do santuário cujos fiéis nasceram de Courbet e de Manet.

Meu Deus! A multidão de Paris agiu, nessa ocasião, como a de qualquer outra parte! Ela foi a expressão, o que é muito comum, daquele sólido bom-senso que consagra a mediocridade e se revolta instintivamente contra os esforços novos. Essa multidão de Paris, como ela ficaria feliz de banir esses poetas, pintores e escultores, esses músicos que tornam a acender, em meio da ingratidão, o grande fogo da arte! Romain Rolland[13] escreveu um livro inteiro para revelar a Paris sua força e introduzir a multidão "na casa". Na frente da casa, porém – no "bulevar rastaquera" –, a multidão enaltece seus heróis e vai empanturrar-se de literatismo pictórico nos dois salões oficiais. Em seus olhos, todo ano, dez mil telas frescas excitam sua pasmaceira, onde esvoaçam à vontade as musas banais. No Salão de Outono, nos Independentes – outrora campos de batalha épicos –, a multidão vai fazer cabriolas e desopilar o fígado: acredita estar no circo.

Ela ri... porque constata a estupidez insuportável daqueles que seus filhos admiram!...

Dito isso, com uma imodéstia descarada, a senhora compreenderá quanto eu acreditava na excelência de Carmen Sylva, pois, ao transpor o limiar de sua morada, encontraria ali oito quadros do Greco pendurados nas paredes de seus quartos e de sua sala de música.

Não a fatigarei com a descrição desses quadros, mas, para ficar no assunto, tentarei lhe falar de seus enquadramentos. Daqueles de onde emergem essas cores nascidas como de Cézanne, com uma ordenação movimentada e um desenho estranho, formas e manchas desconcertantes – aristocratismo espanhol transcendente, filtrado por um sangue helênico, sensualidade grandiosa de misticismo católico em carnes febris. Aliás, é o tempo de Filipe, o Católico, e Toledo e o Escorial servem-lhe de enquadramento. Não se concebe El Greco sem esse tempo e sem essas arquiteturas. Os tempos passaram, Toledo permanece. Morena vermelha cujas pedras são casas; desabamento em cascata nos flancos de uma rocha erguida num platô margeado de montes pretos-azuis ou pardos-cinza. Uma garganta profunda, ao pé dos muros, forma uma ruga sem luz. Um céu pesado põe sobre essa aridez sua placa de azul ultramar. É rugoso como uma terracota que o calor excessivo fizesse rachar. Mas, sob essa casca dura, os muros que oferecem a El Greco seu asilo no mistério glacial das capelas brancas são uniformes e pintados a cal. Brancos, crus, impassíveis, eles são, para essa pintura rutilante, o meio necessário e majestoso.

Subíamos a escada de honra do palácio de Carmen Sylva; custava-nos acreditar que estivéssemos na realidade. Era muito feio.

Passamos Deus sabe lá quantas salas, na confusão das quais encontramos os Greco que procurávamos.

Dos oito que devíamos ver, quatro infelizmente estavam em Sinaïa, a residência de verão. Os quartos que atravessávamos eram acanhados e malfeitos. Do soalho ao teto acumulavam-se inúmeros bibelôs, toda a quinquilharia de arte dos êxtases "homaisianos".[14] Não podíamos acreditar no que víamos. Os lacaios nos assinalavam, aqui e ali, sempre num canto perdido e escuro, um São Jorge, uma Natividade, um Casamento da Virgem, pelos quais Auguste havia empreendido essa viagem. Quadros ruins ocupavam lugares de honra, infames; e, sobre os móveis, retratos fotográficos como na casa do meu zelador, em Paris. Tomei nota, para que acreditasse em mim, minha senhora, da sala onde se encontra o Casamento da Virgem. As dimensões são de três metros de largura, dez de profundidade. A metade do cômodo é elevada à altura de um degrau e isolada por meio de uma colunata de madeira de onde pendem cortinas. É atrás dessas cortinas que está o quadro, mas não na parede iluminada; preferiu-se pôr ali um quadro do mesmo tamanho, um episódio da guerra franco-alemã, com fumaça, canhões, mortos e capacetes com ponta. E franceses em debandada! Os dois quadros distam um metro. Ao longo de uma prateleira que faz a volta da sala, uns sessenta soldadinhos de madeira com equipamentos diferentes. No lado oposto ao Greco, uma grande lareira... de madeira, feita para o "panorama"! Em frente do Greco, e ocultando-o um pouco, um busto da rainha em mármore branco. Sobre algumas mesas, um almanaque e fotografias amontoadas, em moldura de couro ou de pelúcia. No espaço justo de uma cornija, louças, coisas ignóbeis de vidrilhos, onde as conchas Luís XV se renascentizam em carrancas imbecis. Depois, bem ao lado, algumas soberbas cerâmicas camponesas da Valáquia. Imagine ainda o teto suportado por pesados consoles de madeira falsa, e – acredite em nós – nesse espaço de três metros por dez, dividido em dois níveis: sete mesas e mesinhas de centro, um enorme púlpito, três baús, sete poltronas. Algumas destas últimas estão cobertas de pelúcia vermelha, pés e encosto inclusive. Franjas e borlas exprimem a todos a riqueza do proprietário.

E na sala de música, onde vêm tocar, como num templo, os jovens protegidos que a rainha-mecenas atrai da Europa, é ainda pior, eu juro: não dá para acreditar!... E o quarto Greco que ali definha... é falso!

Eis por que não acredito mais em *Les Annales*, senhora, nem em Carmen Sylva! Aliás, essa dama é de boa família alemã e me parece sem gosto artístico, seu marido e seu palácio formam uma coisa heteróclita sobre as pedras ardentes do chão de Bucareste, que dizem tantas coisas. Dizem, de maneira poderosa, a supremacia da carne, e nelas se aplasta uma implacável sensualidade. Bucareste está toda cheia de Paris; com algo mais. Sob a luz terrível, as mulheres se pintam, são belas e vestem roupas sofisticadas. Não são estrangeiras cujos vestidos criariam por si sós uma barreira para nós: nas carruagens, ao voltar das corridas de cavalos, durante um longo desfile pela Via Victorii, elas passavam indolentemente recostadas, e seus vestidos parisienses de tecidos suntuosamente sóbrios, seus grandes chapéus pretos, cinza ou azuis, que uma enorme pluma agita – ou ainda suas pequenas toucas sobre os cabelos soltos –, a pintura dos olhos e dos lábios, sobre uma tez sempre tranquila, as formas nobres dos belos corpos sob a carícia dos tecidos, tudo nos fazia reconhecê-las e admirá-las... e recordávamos com a mesma melancolia as sedutoras visões da Paris chique. Sente-se que tudo aqui, fatalmente, leva ao culto da mulher; e constata-se que o ídolo desta cidade, a grande deusa, é a mulher somente, por causa de sua beleza.

Não zombe, senhora, se fiquei fascinado. Além do mais, o lírio recendia em toda parte, obstinadamente – o lírio que os ciganos vendem. E aqui também, que mulheres esplêndidas! Sua tez amarela sob cabelos pretos, olhos para os quais se usa o vocábulo enfeitiçar. E roupas claras e simples, de onde saem mãos para destacar sobre o marfim dos lírios o coral das unhas pintadas. Os ciganos se tornarão para nós um símbolo, única expressão possível desta cidade onde fomos torturados.

Carruagens se exibem, inumeráveis. Cocheiros eunucos, muito gordos e falando com voz aguda, lançam seus corcéis fogosos e esplêndidos através das *calei* abarrotadas. Todos os cocheiros estão quase de pé, vestidos com uma toga de veludo azul-escuro. E o tinido dos cascos no pavimento duro é uma música ou um ritmo que quase não se extingue na noite.

O que lhe dizer desta cidade cheia de árvores, que se estende longe, mas oferecendo sempre o aspecto fechado de um bairro de janotas? Os andares não ultrapassam o segundo, e as ruas logo se fecham. Aqui a arquitetura é fútil como a vida; escolas de Belas-Artes em toda parte, pois somente os arquitetos diplomados em Paris trabalham aqui. Embora banal, não é feia; por causa da unidade de proveniência, Bucareste não tem o heteróclito e a feiura das cidades alemãs. Os olhos não se detêm nem nos perfis conhecidos, nem nas guirlandas sabidas de cor. Estão inteiramente livres e entregam-se aos ídolos que passam; em Bucareste é domingo a semana toda...

Empregando a linguagem livre do "aprendiz", permita que eu lhe diga em três linhas, senhora, com cores e manchas, a alma desta cidade onde se atormentam os corações severos. Conhecemos no terraço de um café famoso os pintores e os escritores da Romênia. E, como éramos franceses, fomos recebidos com grande afabilidade. Esses pintores eram os da "Juventude romena" – uma "Secessão" também, que chegou até aqui. Gostamos deles porque nos falavam com paixão de suas artes nacionais, e vibramos em uníssono a propósito de bordados e cerâmicas populares.

Depois fomos, sozinhos, sob a Rotunda, ver o desafio que esses jovens lançavam em obras revolucionárias aos obstinados de plantão. Pois bem, esses imbecis deixaram-se assassinar pela Europa! Tivemos que suportar paredes inteiras de academismo muniquense e cimalhas cobertas de atonias provenientes do Quai Voltaire. Esses jovens, que antes de se revoltar tiveram a felicidade de nascer nas margens do Doboritza e de vadear pelas *vias* e *calei*, eles esqueceram – quando quiseram exprimir seu "eu", de pé diante de uma tela, tendo à mão a orgíaca paleta – a força de sua carne e sua sede de libertinagens bizantinas. E seu coração não foi submerso pelo odor indecoroso dos lírios que as belas ciganas vendem! Suas telas são "indecências" (permita-me esta palavra rica). Por que eles não *pintaram* "indecências"? E isto numa plástica que teria sido cigana, e numa cor terrível em que o amarelo-limão afogado no verde-sujo teria excitado violetas apodrecidos. O branco dos lírios e o escarlate das unhas estariam lá como gritos. O grande negro, brutal, imperioso, teria invadido e "marginado" aqueles desmaios de cores. E lá dentro teria irrompido o rosa incomparável que todos os povos primitivos e sadios adoram e prodigalizam, porque é verdadeira carne. Essa pintura, como o sorriso amarelo dos ciganos, seus corpos simples a teriam ritmado. E teriam sabido, ao vê-la, que faz muito calor nessa terra e que o apelo da cidade é tão forte que as artérias quase se rompem, e que o cérebro explodiria, e que não se consegue dormir à noite!

TIRNOVO

AO LONGO DE TODA A BULGÁRIA, COMO NUM JARDIM. À BEIRA DO caminho, há uma bordadura louca de malvas-rosa, de botões amarelos, de cânhamo azulado e chicória, de papoulas e escabiosas. E os grandes cardos formam placas cor de vinho nos canteiros brancos e nas ramagens floridas. Os trigais chegam até a beira do caminho. Ao longe prossegue o pontuado das árvores frutíferas, lagos amarelos que o zéfiro, vento cálido, alisa. Mas, quando o trem atinge os altos platôs, tudo volta a ser austero.

Na hora do crepúsculo, subi a rocha imensa que a cidade escala – morena tumultuosa de casas e caminhos engastados. O vento soprava; limitando os altos platôs que o trem atravessou esta manhã perpendicularmente ao Danúbio, montes se elevaram subitamente, formados de assentamentos de pedra muito estreitos, afundados em imensos bancos de areia. Uma fenda profunda, quase um *canyon*, denteada de rochas em assentamentos horizontais, dá passagem ao rio amarelo. Dessa altitude árida, onde somente camomilas florescem e embalsamam o ar, na abertura do grande portal rochoso a prumo, vê-se a planície. O sol se pôs exatamente ali e, bem ao fundo, sangra uma imensa horizontal: o Da-

Paisagem búlgara.

núbio deve estar ali. Do outro lado, em semicírculo, os Bálcãs se encrespam e se levantam nessa hora adoravelmente azul. Um friso de um cobalto leve assinala na distância a cadeia mais alta onde serpenteia o Schipka, porta da Turquia que cruzaremos a cavalo dentro de alguns dias. Ao pé desse monte onde estou deitado, a fita amarela do rio rodeia a cidade seguindo um 8 nervoso; aqui, espalhada, a água forma ilhotas de areia; ali, comprimida, correntezas a agitam. Rebanhos de grandes bois estão afundados no rio. Os bois são cinzentos, com o ventre quase branco e o lombo escuro que nos flancos vai clareando suavemente; seus olhos têm a doçura e a beleza dos olhos das gazelas, e seus chifres os coroam de majestade como nos baixos-relevos egípcios. Ao meio-dia tínhamos visto centenas de búfalos pretos deitados nos extravasamentos do rio. Dormiam, imersos na água lodosa, oferecendo-nos um espetáculo inesperado. Suas cabeças se estendem sempre horizontalmente, e em seus olhos brancos, sob suas frontes escuras, parecem passar lúgubres pensamentos. De um volume formidável, eles têm uma cor impressionante, escura como um véu fúnebre, opaca como tinta estragada, e dá medo vê-los avançar com os chifres retorcidos e o focinho cheio de baba. Compreendo que o pintor do século xv tenha atrelado essas trágicas criaturas ao Carro da Morte, ao Carro da Vaidade e ao Carro do Vício, nos famosos painéis da Academia de Siena que pudemos ver com emoção. Acreditávamos, então, fosse pura invenção de pintor inspirado. No fundo do *canyon*, os pastores entraram na água para tanger diante deles os bois prostrados de calor. Através da grande porta rochosa, meus olhos vagueiam pela última vez nessa horizontal cheia de noite que delimita a Europa; e torno a descer estas encostas por onde despenca uma cascata de casas.

Que cidade extraordinária da qual ninguém nunca falou, perdida longe das grandes linhas de comunicação! Auguste diz que é como Ávila, na Espanha. No entanto foi a residência medieval dos czares da Bulgária. Tirnovo não é de modo algum uma aldeia. Milhares de casas a constituem; elas se pregaram aos lábios dos rochedos a prumo, depois se acumularam, umas subindo nos ombros das outras, até o alto desse monte que é como uma torre. As paredes são brancas e o madeiramento escuro, os telhados como a casca de uma árvore. Vista de longe, é uma árida estratificação. Algumas manchas brancas, maiores, assinalam as igrejas, não bizantinas mas barrocas, e parentes das requintadas arquiteturas das montanhas bávaras e tirolesas. Percorremos longamente as ruas de Tirnovo, onde o pitoresco extremo permanece atraente por causa da limpeza perfeita. Não há coisa que eu deteste mais que as aldeias onde se comprazem o literatismo e o sentimentalismo de tantos pintores, porque o esterco invade as ruelas e a lama sobe até os telhados. Essa sujeira revela sempre uma negligência de baixa condição, e podemos estar certos de que as populações que ali se deixam vegetar são pobres e não cultivam nenhuma arte. Quando o sangue é jovem e o espírito sadio, o sensualismo normal afirma seus direitos. Os homens trabalham menos e buscam o bem-estar. Cuidam de suas casas com uma solicitude que nos pareceria exagerada. Querem-nas limpas, alegres e confortáveis, e as enfeitam de flores. Vestem-se com bordados em que as cores flamejantes exprimem sua alegria de viver. Sua baixela é florida, cheia de arte, e

Tirnovo, Bulgária, vista da cidade.

tapetes tecidos pelas mulheres, segundo uma tradição secular, cobrem o soalho cuidadosamente conservado. E a cada primavera a casa que amam recebe uma roupa nova: resplandecente de brancura, ela sorrirá por todo o verão através das folhagens e flores que a farão realçar.

Em Tirnovo, o interior das casas é pintado a cal, e é tão belo que muito me impressionou. Já no último ano eu me entusiasmara, em Mittenwald, nos Alpes da Baviera, com a força decorativa que as pessoas e as coisas adquiriam diante do branco dos quartos de camponeses. A Sérvia, a Romênia, a Bulgária, Constantinopla e o monte Atos, de que falarei, confirmaram ainda mais essa impressão. Em Tirnovo, cada quarto é caiado antes da Páscoa e antes do Natal, assim a casa está sempre radiante.

Cada casa tem seu quarto principal: uma janela muito grande, mais larga do que alta, emoldurada de azulejos, dá para as árvores e as flores do jardim, e, por causa da situação única desta cidade, um perfil ousado e brutal de monte e uma torrente amarela vêm enquadrar-se na geometria dessas aberturas. Os quartos são tão pequenos que a janela ocupa toda a parede e sempre uma galeria aí se encaixa, dominando a avalanche das casas; essa galeria é um fino trabalho de marcenaria, e o perfil dos pilares da cobertura lembra os sofisticados nichos dos móveis do Islã. Nessa encantadora exiguidade, os homens sentam-se sobre almofadas e fumam tranquilamente. Dão a impressão de uma pintura persa colocada numa moldura mourisca. A porta do jardim é verde e rosa; esse espaço não é maior que um quarto e um caramanchão cobre tudo. Rosas e tulipas, e também muitos lírios de pérfido aroma, e cravos, e jacintos. Placas de pedra branca revestem o chão onde as flores não invadiram. Já disse que as paredes eram brancas e às vezes azuis como o mais profundo do mar.*

Ao anoitecer entramos numa das pequenas igrejas, precedidas de um pórtico azul-claro. Numa iconóstase,[15] cada uma engastada num nicho de ouro que um hindu ou um chinês podia ter esculpido, vinte e nove ícones luziam com seus céus dourados e suas auréolas de santos. Eram do mais belo estilo, mais italianos que bizantinos, e fariam bem a ligação entre Cimabue e Duccio. Fica-se muito comovido diante desse conjunto, na calma de um santuário, na hora benfazeja. E me senti aqui tão enlevado como tantas vezes na pequena galeria dos Primitivos Italianos do Louvre, onde a Grande Madona é um credo, e onde São Francisco, fulminado de êxtase, recebe os estigmas após ter pregado às aves e aos animais da floresta.

No dia seguinte tivemos uma grande alegria: numa aldeia, ao pé do sangrento Schipka,[16] pudemos comprar de um padre pobre alguns velhos ícones onde auréolas douradas faíscam sobre céus de fogo. Depois os Bálcãs nos reservaram a desilusão de serem verdes e azuis, frondosos e cobertos de florestas, quando os queríamos vermelhos e impiedosos, vermelhos como uma terra que bebeu muito sangue, e vermelhos como convém para que um ataque de bandidos tenha um aspecto pictórico. Mas, infelizmente, também

* Depois, fiquei sabendo que um costume religioso obriga a caiar de branco por ocasião das grandes festas religiosas. Religião utilmente policialesca. O azul que enquadra portas e janelas espanta as moscas.

não houve bandidos! Durante a noite descemos encostas penosas segurando os cavalos pela rédea e nos abrigamos no único albergue onde homens muito sujos já dormiam em todos os bancos. Como quase nenhum estrangeiro se extravia por esses caminhos remotos, não fomos muito bem recebidos. Na verdade, o aborrecimento durou pouco; sem cerimônia, puseram-nos num quarto ocupado apenas por duas camas – dois colchões furados, cobertos de um lençol repulsivo, sobre o qual dezenas de percevejos gritavam de fome. E, como depois de duas horas eu estava inteiramente devorado e os cães latiam ao longe, saltei pela janela e subi a montanha. Parei debaixo de uma árvore e adormeci profundamente... em pleno coração dos Bálcãs! O que diria mamãe, se soubesse!

Escrevo estas linhas numa ilha deserta onde a imbecilidade de uma quarentena nos retém por vários dias com alguns companheiros de infortúnio. E já estou farto de contar as noites passadas sob as estrelas, no duro convés dos barcos que nos trouxeram até aqui, ou na areia desta ilha que um sol terrível incandesce, sonhando a alguns quilômetros daqui com os mármores adoráveis do Partenon que ainda não vi!

EM TERRA TURCA

DE KASANLIK (ONDE, HÁ QUINZE DIAS, O VALE DAS ROSAS CONFIOU às retortas seus tesouros perfumados) a Stara-Zagora, várias etapas. – Levantamo-nos às três da madrugada. Somos seis, mortos de sono, aquecendo-nos numa carroça suja e descoberta, minúscula. Os três cavalos correm como diabos e nos lançam por estradas lamentáveis que com frequência se confundem com torrentes.

Passamos por ciganos turcos em migração. Homens altos de turbante e camisas coloridas; mulheres cobertas de um véu azul-anil debruado de cor de vinho. As mulheres jovens são muito belas, bem mais que as mais velhas, logo murchas. Todas vestem a saia-calça, a elegantíssima saia-calça, simples e plástica. As crianças, quase nuas, piam sem parar, é claro. Toda essa gente anda a pé; burros transportam enormes fardos. A cor dos Bálcãs, no extremo do planalto, é azul-escuro e o sol não se mostrará hoje. A todo instante passa na estrada estreita um velho turco sobre um burrico – tão pequeno que o velho, com seu turbante cônico, parece gigantesco; suas pernas balançam a quinze centímetros do solo à razão de mais de sessenta oscilações por minuto; pois o burrico segue sempre num trote e parece ter pressa. É aplicado, o burrico, deliciosamente consciencioso! E o velho turco é essencialmente simpático.

Eis o primeiro cemitério turco. Estende-se na ponta do vilarejo onde, em cada jardim que visitamos, nos ofereceram geleias de rosas, para depois, com sorrisos, despedindo-se, aspergirem em nós algumas gotas de água de rosa – a água de rosa do Vale das Rosas! Nesses pátios minúsculos corria a água de uma fonte de mármore, e tudo era coberto de flores entre orlas de buxo podado e sendas de areia branca, debaixo de um generoso caramanchão. Os muros eram de um branco brilhante, às vezes também pintados de cal ultramarina. – O cemitério, portanto, liga a cidade à planície e serve-lhe de porta de devaneio. As pedras se eriçam como menires num matagal de cardos; mas há muitas delas minúsculas. É incoerente, sem ordem e sem medida, sem designação, sem sentença e sem símbolo: uma lasca de rocha alongada e cravada na terra. Grandes plantas do campo reforçam a impressão, nesse vasto planalto, de crescimento vertical; suas flores são amarelo-limão, única cor sobre o cinza das pedras rudes e o azul descorado dos cardos. Ovelhas em bando e bois solitários pastam a erva que invade esta serena cidade dos mortos.

As ferrovias carecem de pontualidade. Mas Auguste constata que chegamos, mesmo assim, a Andrinopla. São já dezessete horas de atraso: oh! as tempestades súbitas e as inundações e os chefes de estação! – Na portinhola, uma aparição de salteadores! Eles invadem o vagão e agora somos doze homens num compartimento de dez lugares! Nossos salteadores à Decamps[17] são tipos de lavradores bonachões que sacodem a cabeça ao verem no rio amarelo enfurecido milhares de feixes de trigo rolando como uma onda. Mas eles fedem a alho de um modo insuportável. Deram-me uma rosa em Siemen, enfio nela o nariz; Auguste recebe minhas queixas; fumando o cachimbo ele filosofa, e ao filosofar vai cachimbando.

A paisagem é pintada por Decamps. Realmente, esse sujeito encontrou a nota certa: céu negro de tempestade sobre o qual a montanha se eleva em ocre claro; as árvores concentram uma sombra opaca e dura, e as nuvens projetam manchas trágicas no chão. É um quadro para batalhas. Manadas de bois cinzentos e búfalos negros desfrutam placidamente o banho inesperado que, desde ontem à noite, o Maritza desencadeado lhes oferece; os búfalos mergulhados até o pescoço na água amarela do rio levantam a cabeça ensombrecida e ruminam.

E Andrinopla aparece no esplendor da grande luz da tarde. Andrinopla é como a insurgência desse vasto planalto, cristalizada num domo magnífico. Minaretes formidáveis, que na distância são finos como os juncos dos pântanos, exaltam e dirigem retos para o alto esse grande impulso. Três outras enormes e grandiosas mesquitas vêm respaldar, de baixo a cima, esse alegre esforço. "O sultão Selim" pôs na cidade uma tiara de completa magnificência. A velha capital dos turcos permanece cheia de nobreza. Em seus puros costumes orientais, os velhos bons turcos que a habitam nos parecem homens santos. Fomos tratados com deferência, o que vale dizer: saudados e olhados com benevolência. Nos cafés – à turca, evidentemente –, o patrão (*cavédji*), sentado sobre uma almofada, faz questão de levantar-se e trazer com uma pinça o carvão ardente, tirado do forno, para acender nossos cigarros. Estamos sentados na rua, sob uma parreira. Bons turcos curiosos se interessam e for-

Casas nos arredores de Andrinopla, Turquia.

mam um círculo. Um vendedor de doces nos oferece sua mercadoria e não quer ser pago. Derrubo dois copos d'água e os quebro. E o *cavédji* se ofende porque quero reembolsá-lo; de sua janela amplamente aberta, onde, sentado num divã, fuma o narguilé, ele sorri, diz obrigado, saúda e não aceita sequer o preço dos cafés.

Abrimos olhos muito espantados às cenas novas que se multiplicam na rua. Diante de nós, um sujeito está sentado numa esteira defronte à sua casa. Dois vasos de gerânios rosa estão na frente dele. Tem a cabeça raspada com uma espécie de tonsura, mas a tonsura chega até a testa. É o corte de verão do turco, e é estranhamente poderoso. – Um compadre aproxima-se segurando um imenso regador. Nosso homem põe-se então de joelhos, na pose da adoração, a cabeça avançada sobre os gerânios, e o amigo fiel rega-lhe generosamente a cabeça; a água escorre do regador gigante, sem fim; o paciente, rugindo de gozo, mostra com o dedo, em alguns momentos, o lugar do crânio onde a aspersão é mais favorável. Ergue-se, senta-se novamente e, com as mãos sobre os joelhos, espera atrás dos vasos de gerânio que a noite caia e chegue o frescor. A rua onde bebericamos inúmeros cafés (custam uma ninharia, essas xicarazinhas!) sobe até a Sultão Selim Camii[18] e é coberta a todo instante de ramadas que ligam as calçadas e dão alegria e sombra. Imaginem ainda, aqui e ali, uma fonte de mármore semelhante ao marfim ou um minarete agudo como uma chama branca na ternura do azul. Burricos descem e sobem, extraordinariamente carregados e de maneira inenarrável. Pois esses pequenos animais trabalham sempre com seriedade, com toda a sua alma. É engraçado ver os velhos indolentes, brincalhões, colocar-lhes no lombo um maço de ervas frescas empilhadas transversalmente, despencando até o chão e levando consigo todo um pedaço da pradaria perfumada; ou então enormes cestos de tomates, cebolas e alhos. Todo esse conjunto, o burrico, o turco, o feno ou os tomates, é tão largo que ocupa com frequência a rua inteira. É certamente a razão pela qual, por temor dos esbarrões, sob o pórtico do Velho Bazar, um passador de roupa instalou-se numa espécie de armário suspenso; os batentes das portas foram substituídos por vidros; assim o homem, em sua morada pouco usual, protege-se dos burricos e do frio! Em Kasanlik, um colega seu descobriu, para trabalhar seu couro, uma grande casinha de cachorro, lugar muito confortável provido também do luxo de vidros. O velho era corcunda, calvo e usava óculos de lentes grossas. Sua casinha jazia no meio da praça, e em torno dela vendiam-se réstias de alho, cebola e alho-poró.

Comemos num restaurante típico. Somente os turcos o frequentam, calmos em suas grandes túnicas escuras, severas sob seus turbantes brancos ou verdes. Lavam as mãos e a boca com sabão, na pia de mármore, e o patrão abandona o fogão para oferecer-lhes uma toalha. Examinam as panelas, fazem sua escolha e vêm sentar-se gravemente. Não falam. Nesse pequeno restaurante onde se amontoam cinco mesas para quatro pessoas, há um silêncio que não pesa de maneira alguma. Temos a impressão de estar numa companhia muito distinta. Toda uma parede do local quadrado tem janelas abertas que dão para a rua; os fogões se apoiam ali e as aberturas deixam escapar aromas que espalham pela rua o renome do botequim. Ao lado dos fogões há uma grande superfície de mármore espesso que serve de aparador, na qual se expõem os víveres, tomates, pepinos, feijões, melões e melancias, em suma, todas as cucurbitáceas que os turcos adoram. Servem-nos uma sopa bem forte, de massa com limão, depois pequenas melancias recheadas e arroz quase ainda em broto, refogado no azeite. Os turcos praticamente não comem carne. Adeptos do regime vegetariano, não têm necessidade de facas; a faca de mesa, assim, é desconhecida. A esse cardápio muito rico sempre se acrescentam algumas taças de suco de frutas, suco de cereja, de pera, de maçã ou de uva, que se bebe com uma colher; o vinho é reprovado por Maomé. Os turcos aristocráticos do antigo regime servem-se apenas, para comer, dos dedos e de um pedaço de pão, e fazem isso com grande distinção. O tempo todo, um garoto com um fez[19] na cabeça e cingido de um cinto de lã que o faz parecer tão alto quanto largo, corre de uma mesa a outra brandindo um longo bastão coroado de uma enorme crina de papel branco. Diante do alvoroço que ele causa, e na perturbação atmosférica provocada por seu engenho, as moscas fogem, aos milhares... porém, muito atrevidas e de volta a seu terror, logo recomeçam sua ronda ensurdecedora.

Antes de pôr o pé no solo de Bizâncio, pude saborear Rodosto, pequeno porto delicioso no sopé de uma encosta à beira do Mármara, uma nota bem turca, mas turca novo-regime.[20]

Convidado a jantar na casa de comerciantes conhecidos num encontro casual, passei a noite com eles em seu jardim. O triunfo desses senhores foi fazer descer das trevas de uma grande árvore uma colossal luminária de gás incandescente, tão grande como uma luminária em arco da Potzdamer Platz ao Portão de Brandemburgo. "Oitocentas velas!", assim disseram, e foram acesas. Tínhamos aquilo sobre o nariz, um metro acima da mesa. E falamos de progresso, de nova constituição, de civilização.

Houve música no final e esses senhores sempre afáveis subiram para buscar seus instrumentos – um bandolim e um violão. Um criado encheu a mesa de partituras. Depois exigiram que eu expressasse minha preferência pela música séria ou pela música frívola, pela valsa ou pelo madrigal. Como eu não chegasse a me declarar de modo categórico, dizendo que gostava de toda música, pareceram descontentes e, após terem afinado os instrumentos por mais de uma hora e remexido nos inúmeros cadernos de música, tocaram durante dois minutos uma peça que representava o toque de recolher numa caserna – isto é, um som de clarim e tambores que vão sumindo aos poucos ao longe! A seguir quiseram levar-me ao *Club*, ao clube simplesmente (pronuncie "Klab", por favor). Era um belo terraço dominando o mar. A lua banhava de azul as planícies úmidas... e pelas janelas abertas e vazadas de luzes do *Club* estalava uma fanfarra estrondosa, triunfante. Subimos. Era a fanfarra dos empregados de comércio fundada desde o advento da Constituição. O entusiasmo daqueles jovens e velhos, soprando como possessos um tubo de madeira ou de metal, era comovente! A harmonia se elevava, benfazeja, transportada nas asas da fé... Na parede, um grande quadro a óleo mostrava em tamanho natural Orfeu classicamente seminu, sentado e tocando sua lira. Diante dele, duas cabras, um leão na floresta, um galo a seus pés acompanhado de uma pega; e uma galinha. Tudo isso à maneira de Puvis de Chavanne.[21] No jardim, baixos-relevos antigos e em geral muito belos, mas como se estivessem num museu; esplêndido sarcófago do século III, onde garrafas de limonada se banhavam em água fresca.

No hotel, o negro dos percevejos equilibrava sem dificuldade o branco dos lençóis não lavados.

CONSTANTINOPLA

PERA, ISTAMBUL, SCUTARI:[22] UMA TRINDADE. GOSTO DESSA PALAVRA porque ela tem algo de sagrado.

Bebíamos lentamente o *mastic,*[23] o padre Bonnal e eu, em nossa sacada de Ainali-Tchechmé, ele, antes de seu jantar tardio, eu, após ter comido em Istambul e tornado a atravessar a ponte. De nosso mirante, para além da descida dos ciprestes dos Pequenos Campos, via-se o Chifre de Ouro. Istambul pousa lá embaixo, uma larga barra de sombra que projeta contra o céu apagado as silhuetas das grandes mesquitas. Quando há lua – a tivemos duas vezes –, o mar, avistado mais ao longe, liga com um fio molhado os minaretes aos minaretes, ao longo de toda a ondulada crista de trevas.

Anoitecera. Meus sentidos escapavam-me um pouco. Sou eu quem sonha, ou meu narrador arrebatado por sua fantasia? Sua voz rouca carrega no *r* gutural. Seus olhos dilatados de absinto sob formidáveis sobrancelhas cinza estão inundados de água e brilham. Há um jorro de amarelo e ouro. Há todos os mármores de todos os palácios de Bizâncio e todos os tesouros dos sultões e todas as gemas dos serralhos! Uma Vênus de ouro maciço e uma Ceres encabeçam, no Khanal, a escadaria do palácio de Justiniano que desce até as águas. Canhões de bronze cobertos de ouro jazem na areia na Ponta do Serralho, e há também os diademas e as grossas argolas de ouro maciço que elas – as divinas odaliscas perturbadoras – punham como serpentes em seus tornozelos nus e em seus braços redondos. Carregadas de ouro e com as unhas pintadas de cinábrio, elas se cansaram de tanto esperar, em suas jaulas magníficas, bem no alto dessa colina que avança como proa no mar e abre as águas diante de Istambul; e, porque uma vez desagradaram, foram atiradas lá embaixo dentro de um saco que fez "ploc" na água; os peixinhos foram os últimos a saborear sua carne, e o padre Bonnal afirma que seus adornos ainda estão todos lá, como testemunhas. Eurritmias de mármore se elevam das águas e nelas se repetem avançando ao longo das margens. Lírios inumeráveis plantados em toda parte provam que os mármores são de ouro por causa deste sol eterno; eles fazem pesar seus perfumes esmagadores nos pavimentos polidos de pórfiro, de malaquita, de verde antigo e de jade, entre a cintilação do nácar engastado. ELA – não sei quem, uma Teodora qualquer, pouco importa, contanto tenha enfeites de Ravena e seus olhos muito grandes, rodeados de preto, devorem-lhe a face – espera em alguma êxedra[24] a absorção do fogo do dia pelo azul lunar. Quando se inclina à beira da escada salpicada pelas ondas, suas joias se multiplicam, as gemas adquirem ali um brilho duro e a onda triunfante devolve-lhe o brilho na face. Sóis riem sobre as glicínias que sonham nos pórticos e, inclinados sobre as águas, se perfumam. O céu forma uma poça de fogo como sobre um ícone, e a loucura dessa hora é assim completamente santificada. As ondas vêm das "Águas Doces da Europa", seguindo uma deliciosa curva; sim, não é um sonho: as margens que as contêm apresentam o perfil de uma imensa cornucópia despejando-se no mar, diante da Ásia que sorri em seus montes com aquele riso horizontal de um Buda na sombra de um santuário, sob o brilho amarelo do ouro que o cobre...

Mas chega desse amarelo perverso! Teimoso, juro ao padre Bonnal que isso não é tudo. Quero que em seu Chifre de Ouro haja Istambul, e que Istambul seja branca, crua como gesso, que seja trincada pela luz, e que os domos dilatem o amontoado dos cubos leitosos, e que minaretes se projetem, e que o céu seja azul. Então terá acabado todo esse amarelo pervertido, todo esse ouro maldito. Sob a luz branca, quero uma cidade inteiramente branca; mas ciprestes verdes devem pontuá-la. E o azul do mar responderá ao azul do céu.

Ora, tínhamos vindo pelo mar, classicamente, para ver desenrolarem-se essas coisas. Era um desvio e também uma ideia extravagante que nos valeu os percevejos de Rodosto e treze horas de mar agitado num pequeno barco. Como os peregrinos russos de outrora que espreitavam a aparição da Montanha Sagrada,* estávamos no convés, cheios de expectativa, quando surgiram as Sete Torres.[25] Depois foram pequenas mesquitas, depois as grandes, e as ruínas dos palácios de Bizâncio; por fim, Santa Sofia e o Serralho. E entramos no Chifre de Ouro, entre Pera comandada pela torre dos Genoveses[26] e Istambul plantada de minaretes – cada uma num monte, face a face –, e eu estava violentamente emocionado, pois viera para adorar essas coisas que sabia tão belas.

* O Monte Atos.

Torre de Gálata, Istambul.

O chumbo do céu vertia água, tornando cinza o mar. O Chifre de Ouro era de lama, suas margens, incertas como as de um pântano. As mesquitas, sujas como um velho muro, despontavam entre as casas de madeira escura dispostas em vários níveis em meio a árvores numerosas. Nem cheguei a ver Scutari: estava atrás de nós e esqueci de olhar.

Marujos e carregadores berravam e, de suas chalupas que dançavam loucamente, escalavam nosso pequeno barco. Fomos desembarcados como gado, com a mesma consideração, e nos vimos desconcertados em pleno meio de uma rua onde fervilhava uma multidão de gregos, alemães, franceses, toda essa mistura suspeita do Levante. Havia ônibus. E chovia. Choveu durante quatro dias e uma lepra cinza estendia-se sobre tudo... Durante três semanas esperei que esse peso em meu coração aliviasse. Foi preciso trabalhar e, sobretudo, querer amar.

Quanto à Bizâncio imperialmente dissolvida, não se pode, creio eu, revivê-la. Sua alma abandonou as poucas pedras que restam.

Durante três semanas exacerbei meu rancor contra essas coisas que – eu estava indignado – ridiculamente haviam se fantasiado à sua maneira para comparecer ao encontro. Auguste também estava furioso. E cheguei a perguntar-me com angústia se eu era imbecil a ponto de ficar melancólico diante de Istambul, diante de Pera, diante de Scutari.

Tive, enfim, meu caminho de Damasco, e compreendi essa unidade grandiosa e vivi, dia após dia, esses princípios trinitários. Penso que eles são mutuamente indispensáveis um ao outro, pois seus caracteres são profundamente dessemelhantes, mas se completam. Pera, Istambul, Scutari, uma trindade! Sim, porque a doce morte tem ali seus altares por toda parte e une os corações na mesma serenidade e na mesma esperança. Mas Scutari recolhe-se decididamente no mistério de seus ciprestes, onde milhares e milhares de túmulos se cobrem de liquens, sem que ninguém se perturbe com isso, e deixa frente a frente, para além do Bósforo, em terras da Europa, Pera e Istambul. Pera, num monte, olha Istambul em suas colinas e a cobiça. Entre as duas, o Chifre de Ouro vegeta, inerte e informe. Mas duas pontes as unem, uma quase abandonada, outra sacudida por uma vida febril. Para ligá-las, há ainda centenas de caíques que passam alertas e furtivos, entre as velas infladas e os pesados cascos de grandes vapores, cujo ronco é acompanhado de espessas fumaças negras que são lançadas, todas, em direção a Istambul – por causa do Bósforo –, onde lambem sujamente as pobres mesquitas em sua cândida brancura. Essas pontes flutuantes, construídas sobre barcos, abrem-se à noite para deixar o Chifre de Ouro despejar de uma só vez as flotilhas que se formaram de dia, quando, em meio a gritos e imprecações, os veleiros grandes como os de Ulisses, recolheram uma a uma suas lonas, curvaram seu mastro e deslizaram entre as barcaças; depois formaram, à esquerda e à direita, duas florestas de mastros que o movimento da água agita, ou que a luz mortífera do meio-dia deixa imóveis como minaretes.

O levantino está ao redor de sua formidável torre, em Pera, em sua cidade empilhada, com aspectos nova-iorquinos e ao mesmo tempo diluvianos, espreitando o turco adormecido num *kief*[27] incansável. Enquanto as casas de madeira de telhados largos aquecem

Casas em Istambul.

suas cores violáceas no fresco e generoso verdor dos jardins fechados cujo mistério me encanta, enquanto elas se agrupam harmoniosas em volta desses cumes que são as grandes mesquitas brancas – reina em Pera uma atmosfera envenenada numa luz inexorável. E as casas de pedra ali se elevam, se ultrapassam, se lançam como dominós de pé, oferecendo dois pedaços de muro branco crivados de janelas, seguidos de dois pedaços de meias-paredes vermelhas como sangue ressecado. E nada suaviza a dureza dessas violências. Nenhuma árvore ali, porque ocuparia lugar. As ruas sobem como loucas e esfalfam essa gente que a sede do lucro esfalfa; as casas quase se juntam pelo alto em muitas ruas estreitas. E há tanto conjunto e tanta concordância, há mesmo uma tal emulação nessa corrida febril, que a unidade forma uma beleza, e Pera, terrível, árida, seca e sem coração, impiedoso cascalho anônimo como uma Messina destruída, Pera é bela e grandiosa ao redor de sua grande torre redonda, que é como uma torre de guerra e uma guarita belicosa, arrogante como um *condottiere*.

Não há campanários de igreja que sobressaiam, nem sino que toque; para quem seriam as devoções? Há devotas do gozo; elas buscam fazer-se belas, às vezes são chiques. Ah! mas não conseguem ser como as de Bucareste!

Os cais do Chifre de Ouro são malfeitos, e a embocadura da Ponte Nova é precária; as ruas caem lá dentro como as geratrizes de um funil em direção ao gargalo. As pessoas gritam, se empurram! Recebem e dão golpes; e depois são tragadas pela ponte, numa massa densa, brutal, drenada com dificuldade pela patrulha dos homens do pedágio, de vestes brancas e feição feroz, que estendem as duas mãos e enchem seus alforjes, e berram e fazem caretas e se descabelam nessa profissão feia que lhes endurece o coração e lhes caleja e emporcalha as mãos com a imundície do metal.

Todo esse esmagamento na borda estreita da água é Gálata,[28] mergulhada no mar, comprimindo suas casas numa junção de fedor. Ali um povo de estivadores e homens do mar bebe o *mastic*, vende seu peixe, come comidas com alho. E os bancos erguem hotéis; as companhias marítimas, agências; as alfândegas, seus escritórios.

Empurrados para dentro de Istambul, sentimos ainda durante um quarto de hora esse fluxo impuro. As ruas prostituem-se, renegando seus séculos de vida turca, vendem-se aos comerciantes cúpidos; mesmo os templos de Alá estão salpicados de lama. Depois subimos e nos afastamos; penetramos nas ruas margeadas de cemitérios e *turbés*,* e encontramos a calma junto a uma fonte bela como um templo, que um cipreste às vezes protege. Afastamo-nos por ruelas marcadas, de espaço a espaço, por uma grande casa de madeira, *konak* ou simples moradia, ligada à seguinte por meio de um muro alto e fechado. A rua se curva, e nada mais vemos senão os dois altos muros rosados, como que de carne de salmão. E estamos perfeitamente felizes, impressionados com a ventura de viver que se adivinha atrás daqueles cinquenta centímetros de tijolo ou de pedra – vida de sonhos febris em jardins ciumentamente fechados. Prisões, é verdade, mas prisões de odaliscas. E para nós é como a estrofe de um poema, um pouco dolorosa, melancólica, benfazeja... Em cada topo das colinas que formam a colina de Is-

* Sepulturas monumentais dos sultões.

tambul, as "grandes mesquitas" se envaidecem e reluzem brancas, se exibem em seus pátios espaçosos cercados dos belos túmulos de cemitérios alegres. Os *hans** formam a seu redor um exército cerrado de pequenas cúpulas, e os ciprestes, isolados nos adros desertos, juntam num mesmo movimento, à graça dos minaretes, a austeridade negra de sua estatura rígida e sofredora; as rugas de seus troncos mostram quanto eles são veneráveis. Eu gostaria de dizer alguma coisa da alma turca; não conseguirei! Existe aí uma serenidade sem limites. Para desmerecê-la, nós a chamamos fatalismo: chamemo-la "Fé". Uma fé que eu diria rosa – rosa e azul –; azul porque azul é a horizontal do mar, e azul é o céu. Ora, aqui nunca se vê onde um termina e onde o outro começa. Portanto, é uma fé ilimitada e sorridente. Eu, infelizmente, conheci apenas uma fé torturante; o que faz compreender a amizade que sinto pelos de lá (digo "lá" porque foi preciso deixá-los, porque estou doente e navego em direção a Brindisi[29] – de volta!). Mas o que são aqueles olhos agudos e aqueles narizes como bicos de águia? Indícios de tempestades que explodem de repente em ciclone. Deve ser grandioso o espetáculo de seus extravasamentos, de sua raiva irrefreável! No fundo dessa alma rosada esconde-se uma hidra temível e dolorosa. Serenidade em excesso leva à dor, pela melancolia. É isso que eu queria dizer. Eu os vi sem uma palavra em meio às chamas *fatais*: Istambul ardia em oferenda demoníaca. Eu os ouvi em seu misticismo pungente, diante de Alá, a *esperança*! E adorei tudo o que era deles, esse mutismo e suas faces rígidas – essa súplica ao Desconhe-

* Vastas construções de pedra que cercam a maioria das mesquitas.

cido e seu credo doloroso em belas preces. E depois meu ouvido embebedou-se com seus desfalecimentos de alma, nas noites de lua e nas noites muito negras de Istambul. E as melopeias ondulantes dos muezins* em todos os minaretes, quando eles chamam e cantam! Imensas cúpulas se fecham sobre o mistério das portas cerradas; minaretes se lançam no triunfo do céu; ciprestes verdes-escuro sobre a cal dos grandes muros sacodem ritmicamente suas pontas, assim como vêm fazendo há séculos, graves, imperturbáveis. Vê-se sempre um pedaço de mar. Águias planam, traçando acima da geometria das mesquitas um círculo perfeito e determinando no espaço discos fictícios imensos, horizontais. No obelisco murado do Hipódromo, nessa hora vibrante, diante da mesquita de Ahmet,[30] há quase sempre uma águia, numa reentrância das pedras; ela olha por cima de seu ombro esquerdo não os muezins nos dez minaretes, mas a Ásia mais além, toda azul embora ruiva, por causa da distância – com seus montes infinitos que são como uma sedução.

Dentro de cada mesquita reza-se e canta-se. Todos lavam a boca, o rosto, as mãos e os pés; e prostram-se diante de Alá, as testas golpeiam as esteiras; roucos lamentos se elevam, ritmados segundo um rito admirável. De sua tribuna, que domina a planura da nave, sentado sobre os calcanhares, de pé, com a cara no chão, as mãos em gesto de adoração, o imã responde ao imã do *mihrab* que conduz a prece. Os estrangeiros são retirados dali, impiedosamente. Muitas vezes, porém, pude assistir na

* Eunucos associados à mesquita e que fazem o chamado à oração do alto dos minaretes. (Aqui há uma imprecisão do autor, pois os muezins não têm de ser necessariamente eunucos. [N. E.])

sombra de um nicho, e talvez por causa do aspecto perfeitamente feliz que eu não podia dissimular. São milhões, em todo o Islã, os que na mesma hora olham para a negra Caaba em Meca, abrindo os braços. Os horizontes infinitos mordem o disco sangrento do sol, quando todas as frontes irradiam a mesma adoração.

A alma trágica, na opacidade das noites sem lua, manifesta-se por inteiro no costume dos gritadores de incêndio.

Istambul é um aglomerado compacto; toda morada mortal é de madeira, toda morada de Alá é de pedra. Eu já disse que isso produz, no flanco dessa grande colina, um tapete suspenso de lãs violeta afogadas em tons de esmeralda; as mesquitas, na crista, lhes servem como que de ganchos prestigiosos. Existem ali só dois tipos de arquitetura: os grandes telhados esmagados, cobertos de telhas erodidas, e os bulbos das mesquitas com o jorro dos minaretes. Cemitérios ligam uns aos outros. Quando nessa Istambul muito densa há um incêndio, é então terrível. Gritadores percorrem as ruas, à noite; com um bastão munido de ferro batem no pavimento de pedra dura. E isso já é em si tão solene quanto, sob as abóbadas da Notre-Dame de Paris, o mesmo ruído que abre, na multidão, a passagem aos utensílios sagrados, à santa comunhão ou aos santos prelados.

Há incêndio quase toda noite. Se há vento – e vinganças sorrateiras –, Istambul é devorada. É atroz, grandioso. É uma tocha fenomenal que olhamos com olhos arregalados de pavor – nós, europeus. Eles, porém, deixam correr a chama, pensando que essas coisas estão há muito determinadas. Na noite cúmplice, a alma turca arma-se de resignação; as luzes permanecem apagadas e ninguém vigia. Faz um silêncio que aquele que não o... *ouviu* é incapaz de imaginar... Muito longe, nossos ouvidos nervosos percebem o choque do metal sobre o arenito da rua e, de repente, na escuridão, irrompe um grito lamentável de homem que morre atingido por um golpe traiçoeiro e que diz ainda seu horror. É longo e dura alguns segundos. É algo que se agita num ritmo oriental, como as falas dos antigos coros gregos – e termina num estertor. A noite e o silêncio renovam seu complô; depois, inesperado, num canto de uma casa, o metal tritura a pedra e a queixa irrompe, novamente perturbadora. O homem grita nesse grito de que há incêndio em tal lugar. E, se há parentes dos sinistrados, rapidamente eles se vestem, empurram a porta de madeira e deslizam pelo dédalo dos canais murados que a noite das árvores coroa.

Em cânone, em síncope, muito longe à direita e à esquerda, lá embaixo à beira do mar, e mais distante em Kassim-Paxá,[31] o mesmo grito irrompeu como um jato de sangue. E, com o auxílio dos ciprestes elevados, ele sobe, fazendo estremecer em cada uma de suas *konaks** os que dormiam. Pois, na grande torre de Gálata, em Pera, quatro fogos se acenderam. Defronte, na crista de Istambul, a torre do Seraskié suspende dois fogos. E em toda parte se soube – fogos do Mármara, do Chifre de Ouro, de Has Koy, de Top Hané, e os de Scutari em seus cemitérios – que Istambul arde e mais uma vez vira cinzas.

Dizem que assim esta cidade muda de pele cada quatro anos! Irredutíveis permanecem as grandes mesquitas em seu cinturão de *hans*. Sob a carícia das chamas elas reluzem como o alabastro, mais místicas do que nunca, invulneráveis templos de Alá!

* Denominação da casa turca.

Santa Sofia, Istambul.

AS MESQUITAS

É PRECISO UM LUGAR SILENCIOSO QUE TENHA UMA FACE VOLTADA para Meca. Ele deve ser vasto para que o coração se sinta à vontade, alto para que as preces ali respirem. É preciso uma ampla luz difusa a fim de que não haja nenhuma sombra e, em todo o conjunto, uma simplicidade perfeita; e uma imensidão deve estar encerrada pelas formas. O chão deve ser mais vasto que uma praça, não para conter multidões, mas para que os poucos que vêm rezar tenham alegria e respeito ao se sentir nessa grande casa. Nada se furtará ao olhar: entra-se, vê-se o imenso quadrado coberto de esteiras douradas de palha de arroz, sempre novas; nenhum móvel, nada de assentos, apenas alguns púlpitos baixos rente ao chão, portando alcorões diante dos quais as pessoas se sentam sobre os calcanhares; e num só olhar veem-se os quatro ângulos, sente-se sua presença clara e constrói-se o grande cubo perfurado de pequenas janelas, de onde se elevam os quatro gigantescos arcos duplos que os pendentes unem; vê-se então cintilar a coroa luminosa das mil janelinhas da cúpula. Acima, é um espaço vasto cuja forma não se percebe; pois a semi esfera tem o encanto de subtrair-se a qualquer medida. Lá do alto pendem verticalmente inúmeros fios; chegam quase até o chão, com ganchos na ponta onde se prendem pequenas lamparinas a óleo, teoria cristalina que gira em círculos concêntricos e põe ao entardecer, sobre a cabeça dos crentes, um teto cintilante: na obscuridade do imenso espaço perdem-se então os fios intermináveis, subindo apertados até o alto da cúpula, entre a cintura das janelas agora extintas.

O *mihrab*, defronte à entrada, não é mais que uma porta para a Caaba. Não tem saliência, não tem corpo.

Todas essas coisas estavam na majestade de apenas uma demão de cal branca. As formas eram claras; a construção impecável mostrava toda a sua ousadia. Às vezes uma base alta de ladrilhos adoráveis produzia uma vibração azul. Os jovens turcos tiveram vergonha da simplicidade de seus pais, e quase todas as mesquitas da Turquia, exceto a de Brousse que Loti[32] salvou, receberam a ofensa de uma ornamentação pintada, ignóbil, repugnante e revoltante. Para ainda amá-las, é preciso trabalhar muito, como eu disse, e querer amar...

Diante do santuário, é necessário um pátio com piso de mármore, circundado de um pórtico; sobre as colunas de "verde antigo" e de pórfiro caem os arcos abatidos que sustentam pequenas cúpulas. Sob esse pórtico abrem-se três portas, uma ao norte, outra ao sul, a terceira a leste. No centro está o templo de água para as abluções, com sua encantadora cobertura em forma de quiosque e suas vinte ou quarenta torneiras abertas nas paredes de mármore, na base da enorme bacia, cilíndrica e mais alta que um homem. Do lado de fora, os altos muros do pátio formam um prisma austero de pedras emparelhadas; os três portais abrem-se ali sob uma cascata de estalactites. Em relação ao conjunto da mesquita, esse prisma seria como as patas da grande esfinge noturna que ela forma sobre a crista de Istambul.

E além disso é preciso também um adro, área deserta e pedregosa onde haja alguns ciprestes. Caminhos pavimentados conduzem às portas da mesquita e ao cemitério invadido de ervas daninhas, sob os seculares plátanos; esse cemitério é o correspondente simétrico do pátio do outro lado do santuário. Um muro de pedra talhada, perfurado com incontáveis aberturas gradeadas, deixa ver do outro lado as ruas margeadas de *hans*. Pórticos monumentais, grandes como casas, abrem-se exatamente onde estão os caminhos pavimentados do adro. Os *hans* formam ao redor quadriláteros rígidos. Sobre suas coberturas em terraço alinha-se uma multidão de pequenas cúpulas de chumbo. Orientam-se, medem-se e proporcionam-se em função do santuário do qual dependem. Pois nos *hans* estão as escolas de imãs em volta dos pátios sombreados de arcadas, ricos de flores e caramanchões, e os caravançarás de duplos pórticos sobrepostos, animados pelos murmúrios das fontes.

Ladeando o santuário, é preciso ainda minaretes bem altos para que, nas horas reguladas pelo sol, se ouça ao longe a voz estridente dos muezins, chamando e cantando. E lá do alto caem notas impressionantes. A cidade de madeira está em volta. O santuário branco eleva seus domos sobre grandes cubos de alvenaria, em sua cidade de pedra.

Uma geometria elementar disciplina as massas: o quadrado, o cubo, a esfera. Em planta, é um complexo retangular cujo eixo é único. A irradiação dos eixos de todas as mesquitas, em terras muçulmanas, em direção à pedra negra da Caaba é um grandioso símbolo da unidade da fé.

Istambul, vista da entrada de um caravançará.

Num fim de tarde, bem ao fundo de Istambul, perto das "grandes Muralhas", extenuado por tantas idas e vindas, vi fosforescer no lusco-fusco a cúpula e os minaretes da Sultão Selim.* Fui até lá. Nas ruas também fatigadas pela efervescência diurna, os últimos turcos, com espanto, olharam-me passar: ao sol poente, Istambul volta a ser integralmente turca, pois os de Pera dizem: "Cuidado, não vá até lá, não fique lá; eles são bárbaros, matarão você!". Segui uma rua acima com vastas hortas, depois vieram os *hans*, depois o muro, depois o espaço vazio com alguns ciprestes; túmulos cercados de suas grades encostam-se à mesquita, e também *turbés*, grandes como batistérios. Um alto muro de terraplenagem mergulha na sombra; o Chifre de Ouro perde toda forma na noite. E contra o céu, a fileira negra das grandes mesquitas. No pátio, o murmúrio do templo d'água não ultrapassa as nuvens de sombra que descem dos pórticos abobadados.

Há alguns homens com grandes túnicas escuras, fazendo suas abluções; depois, um após o outro, atravessando os pisos de mármore, levantam por uma extremidade a pesada portinhola de couro e veludo vermelho, rebaixada, sob o esplendor das estalactites. Há no céu, antes que a noite endureça as coisas, uma imersão de anil em verdes-esmeralda; os grandes ventres arredondados dos domos parecem rejeitar o calor absorvido; essas formas fosforescem, verdes no verde mais profundo, disco magistral flanqueado por dois fustes, acima do quadrado dos pórticos.

A portinhola torna a descer. Um teto de estrelas, formado de zonas concêntricas, se estendia sobre pessoas em oração. Era como

* É uma das grandes mesquitas de Istambul.

uma gaze quieta, formada pelo cintilar de milhares de pequenas lamparinas, e as quatro paredes do santuário, desmesuradamente distantes. O rumor piedoso subia muito alto, através da floresta dos fios suspensos que o levavam a perder-se no seio da cúpula. Esse teto fictício de luz, três metros acima das esteiras, e o imenso espaço de sombra que se arredonda acima são uma das mais poéticas criações arquitetônicas que conheço.

Os homens estavam sobre várias linhas em diversos locais da nave, descalços, e prostravam-se várias vezes, todos juntos. Repetiam "Alá" com uma voz profunda depois que o imã, da tribuna, o proferia, tendo esperado longos segundos, com a testa no chão ou de pé, o olhar voltado para o *mihrab* e as mãos em adoração. A seguir, um da multidão entoou o credo, com uma voz de falsete, aguda, a da liturgia; os sons, modulados de acordo com uma horizontal, tinham súbitos elãs e recaídas lamurientas, melancólicas, tristes, tristes! Por fim levantaram-se e foram embora.

Quando saí, restavam alguns na noite. Um se aproximou e me deu a mão; ria-se por dentro, do fato de que não pudéssemos nos compreender e do meu ar despeitado. Outros vieram e alguns também me deram a mão. Deixei-os e saí andando em direção à ponte. Sabia que teria de andar duas horas até chegar em casa, mas estava feliz num silêncio repleto de coisas.

Os muros lapidados dos cemitérios margeiam esse caminho, mostrando por seus vãos o sono de todos esses túmulos. Quantos templos d'água em sua obra preciosa, belos como o quis o sultão que instituiu para toda a eternidade, neste lugar, a doação da água, a fim de que a venerassem! Eis aqui os quadriláteros dos *hans* e a "Sultão Mehmet", com dois minaretes rococós, um grande domo e uma porta que fecha o pátio. Dois *turbés* ou um só, em sua forma prismática, onde jaz um sultão sob brocados, cercado pelos ataúdes de suas mulheres; e os muros dos cemitérios prosseguem. O Aqueduto, espectro bizantino, escurece a sombra da noite, moderno em sua longa forma de paquete crivado de janelas circulares. Ele tropeça em Chah Zadé, a bizarra mesquita que reina sobre grandes túmulos. Não encontrei ninguém; alguns postes iluminavam aqui um grande muro perfurado de arcadas na pátina dourada do mármore; grades de bronze com suas teias de aranha aí complicavam insanamente; ciprestes enlaçando-se por cima. Colando meu rosto nas barras de metal, discerni túmulos. De tempo em tempo, uma perspectiva deixava ver luzes à esquerda, nas poças do Chifre de Ouro; outras vezes, à direita, era o cintilar do Mármara. Em segundo plano, sobre uma elevação, a "esfingética" aparição da Süleymaniye, a colossal mesquita de Solimão, obra desse homem que construiu outras cem mesquitas e não sei quantos caravançarás. *Turbés* combinavam-se com alguma escola – uma doação, certamente. E o caminho prosseguia entre arcadas sombreadas onde se agita, de dia, toda a turbulência da vida turca nas ruas.

Mortos dormiam novamente à esquerda e à direita, ou de ambos os lados. Sultões haviam erguido seus sóbrios relicários, decorados no interior com ladrilhos às vezes belos. Logo a seguir era Beyazit, a Mesquita das Pombas, com seus minaretes excepcionalmente afastados, formando ângulo com o Grande Bazar, enquanto Nuruosmaniye, a Mesquita das Tulipas, marca o lado oposto. Avistam-se, pálidos e muito afastados, seus minaretes e seus muros adornados de um rococó estranho. A Coluna Queimada, bizantina sobre uma base

Istambul, fachada lateral da mesquita Süleymaniye.

turca, lança seu estilo de pórfiro rachado sob a ação dos incêndios sustentada por círculos de ferro. – Alguns cafés estavam ainda abertos, já à moda europeia, banais, com cadeiras de Viena. Eu me aproximava do final; Santa Sofia fechava essa avenida única que, algumas horas antes, num céu fulgurante, fora aberta por Mihrimah Paxá, a "maneta", a "sem-minaretes", pousada como um monólito imperativo sobre o recorte formidável das muralhas. De Santa Sofia, a bizantina, com quatro minaretes acrescentados, avista-se à margem do antigo Hipódromo a imensa Ahmet, que tem seis.

A rua virou bruscamente; a ponte não estava longe. Pera aparecia num duro contorno. E, como era tarde, as espeluncas de Gálata davam a impressão de dormir. Subi lentamente, fatigado, na poeira marrom dos Pequenos Campos. Topava com turbantes de mármore, pobres decapitados. E de repente irromperam as luzes dos grandes cafés, onde tanta gente busca um derivativo nas agradáveis, piegas, fáceis e inevitáveis músicas de Puccini.

Mas meu caminho afastava-me dali, desprovido de casas, dominando os Campos dos Mortos cujos ciprestes perecem na excessiva poeira. Então, ao virar-me antes de alcançar a soleira de nossa casa, vi todas, as grandes mesquitas, sobre esse dorso formidável que é Istambul – desde Mihrimah, a maneta, até Ahmet, a quase excomungada.* Uma neblina cobria o Chifre de Ouro, e ficaria mais

* Ao elevar seis minaretes em sua mesquita, o sultão Ahmet provocou a cólera religiosa do povo, pois somente a Caaba, em Meca, possuía esse número. Ele contornou habilmente a dificuldade fazendo construir, a suas expensas, um sétimo minarete na Caaba.

espessa até a aurora, até submergir Pera e Istambul, menos elas, as invulneráveis mesquitas, com os pés afundados nesse mar de algodão, cada uma isolada em seu bloco sintético, num céu esbranquiçado de aurora. Quase todo entardecer, elas destacam o azul ultramar de suas silhuetas grandiosas.

AS SEPULTURAS

ESCREVO ESTAS PALAVRAS NUM CAFÉ RUIDOSO DE ATENAS. DIANTE do terraço, um pobre-diabo colocou um fonógrafo e espera que seus discos de guta-percha tenham acabado de girar para fazer uma coleta que nada lhe renderá, pois é grande a quantidade aqui dessas enfadonhas músicas "a manivela e a corneta"! Do pavilhão em corola de trepadeiras saem cantos do Oriente, melopeias – uma litania que começa por um grito no qual se diz: "Eu vivo!", longamente alçada e que prossegue em modulações descendentes, já cansadas, caindo sempre mais, morrendo numa nota sustentada o máximo de tempo possível, num esforço que finalmente cede.

E isso me reporta de imediato a outro lugar – primeiro ao barco onde todos nós, que dormíamos no convés ao ar livre, ouvíamos os intermináveis noturnos arranhados em teorbas[33] e emitidos por uma voz em falsete. A pirâmide do Atos mergulhava nas cores da Virgem, toda azul sob a lua prateada.* Elas me reportam mais longe, as litanias do fonógrafo, a uma realidade já difusa, em Istam-

* O Atos é o monte santo, consagrado há mais de mil anos à Virgem pela Igreja ortodoxa.

bul à noite e em Istambul ao meio-dia, na hora das orações. Se um dia feliz me fizer ouvir de novo essas músicas lânguidas, sentirei uma falta incurável desse país. Inquieto, às vezes, sentia-me bem no meio dos que jazem ali, indistintamente, os recentes com os antepassados, sob os ciprestes inumeráveis. Ali erguia-se um bosque de estelas, tão velhas que o mármore desaparece sob os musgos. Em Istambul são as mesmas que em Scutari, e as de Scutari são as de Andrinopla, dos Bálcãs, da Ásia Menor e de outros lugares, acredito. – Istambul está submersa em túmulos. As pessoas os amam. Estão até nos pátios das casas. Num domingo turco* vi, pela fresta de uma porta, um velho sentado em seu jardim, as costas contra a coluna branca de um túmulo; sonhava sem pensar em nada, mas eu fiquei impressionado com aquilo. Já tinha visto no chão dos pátios de muitas casas, em Rodosto e noutras partes, lanternas velando os mortos familiares, bem junto à soleira das portas. Constantinopla é um solo deserto: constroem-se moradias, plantam-se árvores e, onde sobra um lugar, enterram-se os mortos. Os túmulos invadem as ruas, instalam-se sob as folhagens, formam batalhões em recintos determinados em torno das mesquitas, com grandes *turbés* onde estão os sultões; e cardos azuis florescem nesse solo. A vida do turco transcorre da mesquita ao cemitério, passando pelo café onde se fuma sem conversar. É um privilégio para os cafés, tão decentes na entrada, conterem em seu próprio pátio, num montículo cercado de uma grade, a sepultura de algum santo. Todas as noites, há séculos,

* Os turcos festejam a sexta-feira, e nos edifícios tremula então o crescente sobre o fundo escarlate. Os israelitas festejam o sábado e os ortodoxos o domingo.

Turbé, sepultura de sultão, Istambul.

Istambul, recinto de cemitério.

arde uma lanterna que ilumina o turbante de mármore, às vezes repintado de vermelho ou de verde, fazendo cintilar o ouro do epitáfio em arabescos requintados.

Istambul não ultrapassa sua formidável muralha bizantina e prefere comprimir-se em espaços muito reduzidos. Istambul enterra seus mortos nos grandes cemitérios inclusive fora dos muros, agora que dentro todos os lugares estão tomados. Tendo partido do Chifre de Ouro, os túmulos tornam a descer ao longo dele, azuis de cardos, eriçados de estelas, com grandes ciprestes que formam longas avenidas. A neblina sobe às vezes muito cedo, e então é triste. Parece um derramamento de sangue azulado sobre o horizonte submerso. Grandes muros de Bizâncio marcados pela derrota, na repetição de suas enormes torres quadradas, tornam tudo então duro e implacável, e eis que a angústia desperta em meu coração de *giaur*.* Eles veem isso sem inquietude, porque têm uma religião que não lhes dá o medo da morte.

Naquela noite, eu havia subido de Ayvansaray a Topkapi. É lá que o panorama é grande, porque se avista numa vasta depressão toda a muralha de uma só vez, com seus fossos e seus taludes enormes; atrás das ameias, vários carros de batalha podiam correr lado a lado. Alguns torreões desabaram em bloco, até o fosso. Mulheres estavam agachadas sobre esses restos antigos, com seus negros capuzes, parecendo harpias. Há uma aqui e duas mais adiante. Uma austeridade rude reina outonalmente sobre os ciprestes mergulhados na névoa. Sob a capa pesada do céu, essa névoa dá a impressão

* Nome depreciativo dado pelo turco ao cristão.

de uma brutal selvageria. Sinto, com pavor, o confuso Norte sobre essas coisas nascidas para a luz. Dessas mulheres agarradas aos tijolos da velha Bizâncio, há morenas também. As dobras de suas capas enquadram a cabeça e vão se apagar sob os quadris, dando-lhes um aspecto de morcegos imóveis. Elas são um pouco como aquele demônio nas torres de Notre-Dame. Olham fixas para os grandes campos eriçados de tumbas.

Scutari é uma necrópole na poeira e no esquecimento. Eyüp é um lugar santo. Creio que as pessoas gostam de fazer seu último sono nessa colina abrupta que domina os túmulos venerados. Dali, veem-se as Águas Doces, o Chifre de Ouro inteiro e a Ásia ao longe. Quando tornamos a descer o antigo caminho pavimentado, entre os montículos coroados de estelas, cruzamos alguns turcos benevolentes que voltam para seu casebre, lá no alto. À nossa frente, o santuário já está na sombra. Vemos sua cúpula quase de cima e, no pátio, cerâmicas de grande beleza formam um vestíbulo régio a esse outro campo de repouso, onde há *turbés* e túmulos sagrados em tão grande quantidade quanto as mulheres que vêm o dia todo em peregrinação trazer aos mortos preces sussurradas e contemplações intermináveis. Depois, por piedade, elas fazem que alguns cegos lancem grãos de milho às inúmeras pombas que rodeiam o domo com a nuvem de suas asas.

ELAS E ELES

É COM OS MESMOS OLHOS MOLHADOS QUE ADORO UM GATO, UMA miniatura persa e um pequeno bronze do Camboja, e também as mulheres graciosas e os burricos de Istambul. Vejo aí relações e afinidades. Sinto-me num meio aristocrático: um gato, uma mulher graciosa e os burricos de Istambul produzem beleza a cada segundo de sua vida (perdão! Comprometo-me demais ao englobar a segunda); uma miniatura persa faz que Rafael ("o amigo de cada um") nos pareça grosseiro como pão de centeio; e, no Museu Guimet, há um Shiva de bronze que às escondidas acariciei com os dedos – sim, para sentir esse pequeno arrepio que um gesto ou uma palavra ousada produz em relação a alguém que se adora, que nos perturba e a quem se quer dizer isso. Neste momento, viajo de Brindisi a Nápoles pela planície de Tarento e, no vagão do trem, há belas, poderosas, enormes italianas. A noite passada dormi, entre Corfu e Brindisi através do Adriático, no piso do convés com uma gata sobre meu estômago, como para aquecer-me; e, por uma dessas fantasias do pensamento, me entreguei por inteiro à lembrança de uma miniatura persa arrancada, há algumas semanas, de um dos bandidos do Bazar de Istambul; um homem raptou sua amante; levantou o corcel negro que a transportava, colocou-o sobre os ombros, apertando-o pelas patas; atrás dele há rochedos vermelhos, que ele salta como um louco; ela, muito sonhadora, tem uma das mãos junto à boca e com a outra mantém-se sobre a sela...

Associação de ideias heteróclitas, despertar de contrastes e de analogias... e sedução! Não digam mais, portanto, que se trata de incoerência! Pois afirmo que os burricos de Istambul têm o dorso, o ventre e a face pintados por um persa, e que as mulheres graciosas de lá – figuras de porcelana de seda cereja, borra de vinho, azul e ébano, furtivas pelas ruelas que vocês conhecem, ou mais apropriadamente sentadas à margem das Águas Doces ou sob os plátanos de Beykoz –, afirmo que são requintadas como persas, belas como gatas, e, se lhes falasse de seu rosto, que se pode descobrir, eu citaria ainda o Extremo Oriente, um Camboja menos sadio e um pouco inconveniente, com esculturas de alabastro pintadas de vermelho e preto, que têm um efeito estranho. As formas encantadoras de Shiva, reservo-as para os burricos, meus amigos.

Eles me conquistaram logo de saída – comecemos pelas coisas simples. Elas, eu as odiei durante três semanas, nada querendo conceder-lhes, não lhes poupando nenhum anátema. E então, um dia, vi a triunfal alegria das mesquitas brancas e, ao voltar, disse a Klip (Klip é Auguste): "Há sol por lá! E as pequenas, meu velho Klip, são encantadoras no mistério de seu véu negro, no anonimato perturbador das sedas idênticas, no seu aspecto de figuras de porcelana a que se assemelham todas. Encantadoras, não obstante e também, agora, por causa dessa segunda saia lançada sobre a cabeça e que forma uma impenetrável viseira. Há muito coquetismo ali embaixo; eu juro, seu velho faquir ossudo: quase todas são jovens, adoráveis, com bochechas um pouco cheias, mas de marfim e olhos de gazela tonta – tão apetecíveis! De resto, esses véus guardam um mistério penetrável. Sinto que há milhares delas que querem ser bonitas; e, quando se tem esse demônio, todos os códigos são contornados. Nelas, há uma pitada de gênio: escravas de um costume despótico – e talvez sábio – que havíamos declarado feio e humilhante, elas realizam o milagre de se fazerem pessoais num traje em que nenhuma costura varia, em que nenhum bordado, nenhuma combinação diferente, nenhuma fantasia as deixa desenvolver seu delicioso espírito certamente irrequieto. Como conseguem isso? Simplesmente, porque têm vontade de ser bonitas e cumprem assim seu primeiro dever de mulher – ao contrário das de tua província, Klip, flamengo Auguste!" – Ele me retorquiu: "E as da tua?". Dizer algo mais sobre as figuras de porcelana de lá seria obrigar-me a inventar histórias. Pois esse é o reino do impenetrável, mesmo para o belo *giaur* que Théophile Gautier representava aos olhos de Loti: quando alguém tem galões, é francês, mora em Therapia e comanda uma fragata, é bem possível que alguma delas fique impressionada!

Minha única aventura foi esta: por ocasião de uma feira no adro de Chah Zadé, eu discutia com uma velha turca (que não pertence a este capítulo) acerca de pequenos tecidos estampados que as mulheres do povo põem sobre a cabeça. Irritava-me com os preços exorbitantes. Uma voz ao lado disse: "*Sprechen Sie Deutsch?*". Era uma dessas mulheres graciosas de lá, figura de porcelana cereja debaixo de um lobo negro. Ela me salvou das garras da velha; consegui meus pequenos tecidos. Então, muito decentemente, ela disse: "*Guten Tag, mein Herr!*", e desapareceu com sua aia, uma negra. Uma massa de turcos, na grande escadaria que nos dominava, olhava com olhos de espanto: parece não ser bem aceito que um *giaur* fale com uma mulher velada no centro mesmo de Istambul. – Um pouco mais e eu seria linchado como um negro nos Estados Unidos; o turco não brinca com essas coisas, e sabemos que no fundo dele dorme uma hidra. Eu, como é de supor, estava encantado e perturbado! Seria ridículo se eu lhes dissesse que ela era jovem e requintada, e que o tempo todo em que conversamos a admirei através de seu véu. Mas aqueles a quem escrevi naquela noite uma carta banal souberam que eu havia conversado com uma pequena coisa divina e que ficaria, ainda por muito tempo, estonteado!

Quanto a "eles", os burricos, deixemo-los por hoje, a fim de que vocês vejam por mais alguns segundos, entre dois altos muros cor de salmão inundados de verde brando que alguns ciprestes espalham, correr furtivas, de uma porta de madeira que se fecha a uma outra que se entreabre, pequenas figuras de porcelana, de seda azulada e geralmente cereja, borra de vinho e ébano.

"Eles" são inumeráveis e cumprem todas as funções: levando encomendas, nada fulgurantes, para alguns turcos de ideias curtas – carregando entulho, atados um ao outro ao longo das ladeiras de Pera como uma fileira de turistas num glaciar; dois cestos equilibrando-se de cada lado da espinha dorsal. Dentro de uns vinte e oito cestos, coloca-se um metro cúbico de detritos, o que eleva consideravelmente as despesas de escavação das casas. Transportam também tijolos atados numa corda, e seus guizos formam todo um carrilhão. Dóceis, transpiram sob a condução de um burriqueiro cor de tabaco que lhes administra todo tipo de discurso. Carregam ainda, trotando, tomates vistosos em folhagens de vinha, ou os pesados *carpus** de perfume delicioso. Em suma, estão em toda parte; formam uma população entre a de Pera e a de Istambul.

O padroeiro deles é São Modesto: a Igreja deu-lhes um, como para arrancar-lhes a alma do turco, por desejo de proselitismo. No monte Atos celebra-se sua festa. Nesse dia, mulas e asnos não trabalham. Ficam com as quatro patas no ar, nos prados, e zurram de alegria: imagino esse concerto pouco comum. Além disso, recebem dupla ração, de modo que seu gracioso ventre estufa, com seu veludo finamente matizado de branco, cinza e castanho, e esticado então como um tambor. São Modesto é um nome vindo do céu ou da Academia – por causa de sua felicidade ou de sua perfeita conveniência. Mas estou certo de que vocês não imaginam, posto que nunca os viram, esses adoráveis pequenos servidores deste seu simpático eleito. Eles sabem trotar com tato e delicadeza, nunca elevando a cabeça, embora as grandes pérolas de cristal turquesas, cornalinas e brancas, suspensas em sua fronte, pudessem orgulhá-los. O lábio inferior pende cheio de mansuetude, asseado e polido, com alguns raros pelos espalhados como que na pele de uma luva; e eles têm, para cumprir essas tarefas rudes, maneiras de salão. Acrescentem um vestido à moda persa e belos olhos negros – como "elas".

* Espécie de melão que constitui a base da alimentação turca no verão.

UM CAFÉ

UM ACASO CONDUZIU-ME ATÉ LÁ: EU BUSCAVA EM TODA PARTE uma saída para escapar ao Bazar. Tudo é frescor e calma, pois árvores seculares encobrem o céu. Grandes pedaços de tecido cinza ou vermelhos, ou listrados de branco, presos nos quatro cantos aos troncos das árvores, deixam pender suas barrigas a alguns metros do chão. Sobre os círculos cinza bordados de luto dos paralelepípedos irregulares vêm dançar os círculos de luz branca vazada através da folhagem. Pequenas gaiolas confortáveis onde há dois divãs frente a frente e onde se prepara o café marcam, de um lado, um limite ininterrupto; ali, casas turcas barram o olhar que busca penetrar numa rua estreita e serpentina. Para chegar a esse lugar, eu subira uma bizarra escada de pedra e passara por uma graciosa porta num muro alto. Vários bancos estão espalhados, formando recintos; tapetes listrados de vermelho, preto e amarelo os recobrem; são profundos e têm encosto e almofadas, pois ali não se senta: tendo tirado os calçados, fica-se agachado; é uma posição muito graciosa, muito ordeira, muito conveniente, e dispensa nossas poses recostadas de carpinteiros exaustos ou de jovens pândegos saciados. O café é servido, como sabem, em taças minúsculas, e o chá em copos com forma de pera. Tanto um como o outro custam uma ninharia, o que autoriza as repetições.

Uma centena de turcos conversam, sem elevar a voz. A água rumoreja nos narguilés e o ar azula-se de fumaça. Estamos no país dos tabacos deliciosos, faz-se um uso desregrado deles. É quando começa o desatino que se modera, mas Auguste suicida-se até o fim. Os fezes somam-se aos turbantes; as grandes túnicas negras aos cinzas e aos azuis. Passa um velhote todo vestido de rosa, o que lhe dá um aspecto de criança. Os velhos são sempre afáveis, alegres, com olhos vivos, e nunca impotentes; a prece proporciona-lhes essa saúde, por causa da ginástica que exige; assim estão sempre rindo, esses velhos gentis, e vão embora assim como chegam, com um inseparável *carpus* debaixo do braço.

Em minha mesa arqueiam-se hortênsias azuis; noutras, há rosas e cravos; a dois passos canta uma fonte de mármore em rococó turco. Gatos pavoneiam-se, em busca de carícias; e, para dar alma a este café, devo dizer que um imenso pórtico de mesquita coloca seus seis pilares poligonais bem no meio dos bancos; os capitéis são de um estranho gosto de barroco espanhol. Cinco pequenas cúpulas levam à grande parede uniforme com uma porta estreita e alta de madeira preta, onde brilha um alinhamento complicado de incrustações de madrepérola e marfim. Os tapetes de cores variadas alcançam as esteiras de junco estendidas sob as cúpulas. O muezim acaba de subir ao minarete que se vê através da folhagem, e o estridente chamado à oração espalha-se, as esteiras cobrem-se de fiéis, que se prosternam, se levantam e adoram Alá.

Mas eis aqui a nota tocante, determinante da elevada poética do turco: no meio das mesas há três montículos de alguns metros, margeados de pedra e guarnecidos de uma fina barreira de ferro; uma lanterna, pendurada numa árvore próxima, arde todas as noites para iluminar os túmulos que ali se erguem, estelas com escritas castigadas, que falam por certo das virtudes da brava gente adormecida entre as raízes da grande figueira que parece elevar a alma deles ao céu. É preciso que estejam entre os vivos para conversar com eles da Doce Morte. Esses bons velhos, tão gentis em suas túnicas de criança, rosa, azuladas e brancas, devem vir saudá-los e dizer-lhes nas suas barbas, num cicio precipitado: "Sim, sim, logo nos veremos, nos veremos, eu me alegro!..." – Não é muito distante do Bazar febril, o café de Mahmut Paxá, uma pequena mesquita com um minarete e uma única grande cúpula pousada sobre quatro paredes completamente nuas. Passamos ali muitas tardes, eu e Auguste.

SÉSAMO

O BAZAR! ALI SE ENCONTRAM OS PIORES HORRORES, O SUVENIR para turista, sob todas as suas detestáveis formas, pois é feito para aparentar muito e nada custar ao comerciante. É vendido a preços fabulosos, atordoando com perfeição, graças a um cacarejar incessante, pessoas que nada conhecem e se safam felizes por deixar apenas seu porta-moedas! Ali se encontram as mais desconcertantes ingenuidades. Tudo, obviamente, coisa antiga, o muito velho, o pré-histórico. As porcelanas são vendidas sob rubricas diversas: velha Viena, velho Meissen, velha Saxônia, velha Veneza. Uma lâmpada de petróleo ali se chamaria um candelabro de Kuttaya. "Antiguidades!" Uma terrina de Porrentruy passaria autenticamente por uma ânfora micênica – com a condição de que as alças e os gargalos tenham se danificado e os bojos se rachado durante a viagem. Ademais, o entusiasmo é à moda persa. Dir-se-ia que esses senhores do Bazar têm as mesmas fraquezas que eu. Por isso oferecem-me como vindo de Isfahan um desses pires fabricados aos milhares, de dois ou três anos para cá, em Villeroy, na França, e em Boch, na Alemanha – grosseiras louças pintadas à mão, nada feias, aliás, e vendidas a vinte e cinco *pfennings*, taça e pires. Meu ingênuo vendedor pedia vinte francos! – Outra ingenuidade: na vitrine de um lojista turco há pequenas lacas persas, não muito boas, e também uma caixa metálica de cigarros Murattis; todos conhecem, é azul e vermelha com fios dourados. Não era preciso mais para que ele dissesse: "Sim, antiguidade, persa, antiguidade!".

Inúmeras outras, ainda, dessas ingenuidades. Não exagero.

É Sésamo, porque lá encontramos, sob o amontoado de coisas de barro grosseiras, o esconderijo das mais ricas pepitas do Oriente, desde o Islã europeu até o das florestas que as solenes caravanas trazem até aqui, aos bocadinhos, através das areias, dos montes e dos matagais. – É um labirinto; o guia Baedecker aconselha que usemos uma bússola; um dédalo de galerias e nunca, em quilômetros de percurso, um pedaço de céu. É fechado, apertado, quieto. Minúsculas janelas perfuram, aqui e ali, o berço baixo das abóbadas; no entanto reina uma bela claridade. É deserto à noite, furibundo de dia.

Quando o sol se põe, pesadas portas se fecham encerrando as fabulosas riquezas e o grande rumor se acalma.

Eu via sempre, ao chegar, advertido já pelos gritos desse povo estranho, um deus de metal sentado sobre o lintel do pórtico, esfregando com as duas mãos um grande ventre dourado.

Sua boca tinha lábios ávidos, sua testa parecia com a de um orangotango. Suas ventas fungavam e seu olhar era inquieto. Tinha compridas orelhas de burro. O hierofante ficava ali e recebia com maneiras viscosas um verbo volúvel e atordoante; tinha os mesmos traços que seu dono; suas patas, ele as roubara do mais velho dos homens de pedágio da ponte, que morrera de saudade delas. Falava todas as línguas muito mal, vestindo-se como nós, com cabelos crespos. Chamava-se "A Malandragem". – Nos três pilares do pórtico onde pontificava esse deus estavam escritos os três mandamentos: "Roubarás e mentirás!" – "Mentirás para roubar!" – "Rouba, rouba, rouba!".

Eu me via empurrado na avenida central em pleno rumor. As lojas à direita e à esquerda resplandeciam como capelas de quinquilharias infames e tapetes horrorosos. Lá dentro, porém, havia muitas coisas fascinantes. Todos sabem que admiramos sempre com outros olhos quando podemos comprar para nos apropriar, e que nos museus há sempre um sentimento de melancolia, por causa dessas coisas que ali se entediam, frias testemunhas, mas nunca companheiras de cada hora.

Não entramos numa loja: somos absorvidos, empurrados a ela; estamos em plena máquina e a "picaretagem" começa. A verborreia é insensata, ejaculada por cinco ou seis que quase nos desmembram; dentro da loja, são novamente vários a berrar assustadoramente. Claro que eles sabem antes de nós o que desejamos: as paredes despencam, o chão se eleva, os tecidos desdobrados cansam os olhos na sua renovação muito rápida, são postos em nossas mãos para apalpá-los, sob o nariz para apreciar o trabalho. São bordados de Boccharah, vastos como esteiras, grandes tapetes de Esmirna, de Ancara, da Pérsia, de lãs pesadas e profundas – depois as gazes recamadas de prata e tecidas em seda de Janina, as duras da Macedônia, os faustosos brocados, os veludos de Scutari, os cartuchos impressos da Pérsia e da Índia. Tudo despenca, abre as asas, esvoaça, fustiga-nos a face, amontoa-se indistintamente, o extraordinário com o lixo.

A um sinal de negação, eles já compreenderam, os vampiros: "Sim, não é tecidos o que está procurando, compreendo seus gostos, veja aqui, veja ali, e ali também!". Desfilam cerâmicas, amontoadas no alto das vitrines horizontais sob cujo vidro há joias de latão dourado e marfins em osso: antigas faianças de Kuttaya, azulejos persas a preços fabulosos, arrancados de alguma mesquita arruinada, vasos de grandes bojos azuis estriados de rachaduras, onde se conservavam no óleo os alimentos: ainda fedem e estão engordurados de sua função esquecida. – Nesse meio-tempo, teremos a ocasião de receber em plena face um fuzil albanês estropiado ou um *kandjar*[34] damasquinado; o comerciante estalou a língua, de tão belo que era! Seremos obrigados a conceder um olhar a vulgares objetos de cobre cinzelado que não queríamos ver, e, já que falamos talvez de lacas, aqui está, ah! sim, nossas mãos ficarão cheias, e dentro de algum armário eles buscam alcorões que folhearão febrilmente, bradando, quando uma figura for espantosa de arcaísmo, de estilo rígido mas grandioso: "Senhor, veja como é natural (pois o público hoje – eles sabem – gosta do que é fotográfico, com todos os botões ou todas as folhas, vivo como no cinema). Senhor, isto aqui parece que vai falar! Senhor! Senhor! (eles sempre têm medo de que não se preste atenção), Senhor, é coisa antiga!". Depois, o cúmulo do pleonasmo: "Senhor, esse manuscrito é todo feito à mão, palavra de honra!".

Enquanto isso os tapetes não se ergueram de sua queda, os bordados de seus desmaios, e as cerâmicas tornam agora perigoso cada movimento. Fomos completamente seduzidos por um pequeno persa vestido de escarlate sob um dossel de ouro, num jardim de Isfahan onde há tulipas em toda parte, e jacintos – e eles continuam ali, ofegantes, os horríveis discípulos da "Malandragem", perscrutando com olhos exorbitados o escuro das paredes atulhadas, para encontrar a peça que nos arrebatará. Realmente não há como ficar sereno; tantas são as coisas loucas diante dos olhos, demasiadas evocações deliciosas que nos lançam numa distração estúpida. Estamos embriagados, sem reação possível. Essa torrente, essa avalanche, esse charlatanismo nos aniquilam, nos embrutecem.

Chegamos ao ponto! Não queríamos comprar nada, entramos ali, sorrindo. Mas ousamos olhar demais aquele Boccharah; cometemos um erro, estamos perdidos!

Perguntamos: "Quanto?" – "Hum, hum, euheuheuheuh... hum! quatrocentros francos, senhor!".

E fazemos também "Hum!" Mas nosso "hum" dubitativo é mais um erro. Eles vão encenar a deliciosa comédia. Daí em diante só um saberá o francês, os outros se fingirão de bobos com olhos arregalados. Mas as eclusas do homem que fala francês são forçadas e transbordam. "Sim, senhor, quatrocentos francos, dou-lhe minha palavra de honra! E somente para o senhor, pois é meu amigo (quatro horas antes... buscávamos ainda um quarto no bairro de Pera). Porque é meu amigo e porque vejo que é um conhecedor; há tantos imbecis que vêm aqui! (eis-me, muito docemente, orgulhoso de mim) e quero ter a honra de vender a um conhecedor! Quero fazer um negócio com o senhor para começar, para que volte, pois ficará contente! Quero fazer um negócio com o senhor... porque é sábado – para concluir a semana! – porque é domingo – tenho a fantasia de que fazer um negócio no domingo me trará felicidade; então faço um enorme desconto, vendo com prejuízo! –; porque é segunda-feira – para começar a semana –; porque é quarta-feira e, cá entre nós, é a baixa temporada, não se vende nada, veja meus livros (ele mostra um registro de contabilidade com páginas em branco). Ah, senhor, que praga! É quarta-feira e ainda não vendi nada! Senhor, senhor! Veja esse tecido (e ele é posto bem diante de meus olhos), sinta essa seda (e ela é posta em minhas mãos) – esse peso! Senhor! (e, numa nuvem de poeira levantada, o pacote inteiro é posto em meus braços)." Ele continua: "Senhor, eu juro, por minha honra, por minha consciência! Percorra todo o Bazar; se achar uma peça igual, eu lhe dou esta, junto com dinheiro! Saio perdendo! Tome! (e ele sussurra em meu ouvido). Eu lhe disse quatrocentos francos; meus irmãos – esses aí são meus irmãos – meus irmãos não sabem, não compreendem o francês, ficarão furiosos; Deus sabe o que me espera, ah! vou ser insultado!". E prossegue, heroico: "Não importa senhor, há dias em que se passa muita fome!".

Partimos, uma hora depois, com o pequeno pacote debaixo do braço, pagamos cento e cinquenta francos. E estamos cheios de remorsos. Pois, quando as moedas faiscantes saíram de nosso bolso, vimos os olhos deles brilharem; não conseguiram ser comediantes até o fim, os malandros da "Malandragem"! Quando veem ouro, saltam em cima como lobos.

Sobre esse episódio, Auguste fez um grave comentário: "Acho que esses tipos sonham com uma fome dourada, como os percevejos de minha cama em Brousse durante nossa ausência!".

É um canto do Bazar, um canto grego. O turco foi rechaçado. E depois se corrompeu. Pois, afinal, era honesto e *sabia* o que vendia.

DUAS FANTASIAS, UMA REALIDADE

FOI EM MEIO A UMA MULTIDÃO DELIRANTE DE ENTUSIASMO PATRIÓTICO, em Nápoles, num domingo ao entardecer em que trinta mil soldados embarcavam para Trípoli, que estas lembranças me vieram, surgidas de um esquecimento prematuro...

Nada esperávamos daquela hora do final do crepúsculo, em que o ar, repleto ainda de moléculas fartas de luz, torna cinza e opaco o negro da noite; as estrelas piscam como toupeiras e a lua tarda a aparecer. No entanto o barco singrava em direção a Istambul, fustigado pelo ar glacial do Bósforo. Voltávamos de Scutari, a necrópole, onde havíamos ferido os pés em cardos de campos abundantemente cobertos de estelas. Assistíramos ao ardente ofício dos "dervixes gritadores"; dessa hora nada direi, pois nunca haveria de terminar.

O barco estava ao largo dos ignóbeis palácios de Bechigtache,[35] ó Turquia moderna, que primícias! Mas o que é aquilo? Há no monte de Istambul colares de brilhantes suspensos no céu. Acima, percebe-se uma ponta de alabastro, e abaixo um longo fuste branco aquarelado na confusão da hora. Estamos entrando no Chifre de Ouro e o ar é agradável; escapamos da áspera rajada vinda, pelo estreito, das estepes onde estão os lobos e os russos de cabelos louros.

O ar é agradável e há uma calma turca. É o último barco e, diante do selvagem recorte de Pera escura e crivada de luzes, há colares ao redor dos graciosos pescoços de alabastro, em todo o monte de Istambul. Eles brilham como brilham as lamparinas das mesquitas sob os domos, à noite, em teorias circulares. São de ouro e têm quatro fileiras de fogos, e, enquanto caminhamos, a noite faz-se negra e pura. Ouro e negro, suprema elegância, supremo poder! E que serenidade! Fora isso, não se vê absolutamente nada e não se ouve nenhum ruído. O que é aquilo, então? São os turcos, em festa. Percebe-se que as mesquitas murmuram, nessa hora, preces e histórias que contam e escutam velhos turcos agachados, com grandes túnicas, às vezes rosadas, mas sobretudo pretas, e turbantes verdes em meio a turbantes brancos.

Meus olhos compreenderam. Bem à direita há seis séries de três colares sobrepostos, porque é a grande mesquita de Ahmet. Aquele majestoso quadrilátero, Pégaso descido do céu, aquelas quatro unidades a uma imensa distância, é Santa Sofia. Nuruosmaniye confunde-se com Beyazit. Depois, os fogos revelam a esfinge que é Süleymaniye, com seus quatro minaretes. E então é a confusão, por causa do afastamento perspectivo; soletro ao acaso Chah Zadé, Sultão Mehmet, Sultão Selim. E, reto à frente, na cabeceira da ponte, os minaretes de Valide Camii resplandecem também.

Quatro da madrugada, na Ponte Nova, entre Pera e Istambul. Placas de névoa emaranhadas, oblíquas, rasgadas, brancas no alto, sobre um cinza muito opaco. Gazes espessas se agitam, empalidecem, laceram-se, tornam-se de neve. Depois caem como colchões de penas pesados, escuros, redondos, maciços. Aplastam-se, afogam tudo, escondem tudo; às quatro horas da manhã, brumas espessas são mais escuras que a noite. O emaranhado recomeça, a obliquidade se acentua, o desdobramento se faz no alto em leques alongados, claros e escuros. São vapores poderosos que se levantam e vivem. Estou a bordo, a prumo e sem barreira, pontões entreabertos; é quase vertiginoso. Ouço gritos, embaixo; vejo passar aparelhos de manobra, mastros oblíquos, grandes panos agitados e escuros. Nas brechas da bruma, vejo as duas flotilhas, à direita e à esquerda, abrirem suas velas e se apressarem na direção do canal, entre os pontões afastados. Há choques, manobras frustradas, gritos soberbos e gestos espantosos. Enquanto isso os mastros, os cordames e as velas passam e penetram no opaco que o sol agora ilumina. Ilumina e torna então as brumas mais opacas. Ele dilacera ainda mais essas nuvens emaranhadas, abre buracos profundos, alcançando vitórias; mas elas voltam impetuosas como hordas, do fundo do Chifre de Ouro, onde deve haver algumas agarradas aos ciprestes dos cemitérios.

Vi de repente, inteira na extremidade da ponte, a mesquita Valide, completamente negra. Depois desapareceu. Olhei então mais acima, e ali passava a esfinge sombria da Süleymaniye. Depois a floresta inteira dos mastros à esquerda ficou dourada de sol, e logo afogada na poeira d'água. O sol vencia; a batalha era mais intensa, as nuvens enlouqueciam; os barcos todos queriam sair; percebia-se por um instante, do lado do Mármara, a planície úmida da água. E viam-se, em camafeu, velas vibrantes formando

Istambul, fachada principal da mesquita Süleymaniye.

triângulos adoráveis. No canal os barcos comprimiam-se. Geralmente há apenas um homem de tripulação para esses barcos grandes como os da Ilíada; descalço, ele mantém a barra horizontal do leme entre as pernas arqueadas; com as mãos puxa as cordas, de repente dá um salto, empunhando a vasta vela que estala e que o vento impele com dificuldade; depois ele pega uma enorme vara e, apoiando-se em outros barcos, empurra com todas as suas forças. Para nós, eram gestos inusitados.

As nuvens se acumulavam, sem ter fim. Desde o fundo, que tornavam sinistro, elas rolavam com os barcos. O sol se esgotava. Valide aparecia sempre negra; de Pera nada se via. No alto, porém, a cor era rosada. Centenas de barcos haviam passado quando vi uma coisa inesquecível: a Süleymaniye, rosa suave, surgindo de cortinados escuros. Num instante era azul ultramar sobre véus rosados e, logo após, de alabastro num frio de granito. Desaparecia e voltava, e toda a atmosfera resplandecia de rosa. O mar se afirmava. Nascia a cor, embora sempre menor. Viam-se barcos muito distantes lançar-se nessa alegria. O drama precipitava-se, as testemunhas faziam-se mais numerosas. Valide tomara posição e via-se a adorável Rüstem Paxá, pequeníssima, coluna de um só fuste. Nunca vi a Süleymaniye tão alta; era como se estivesse numa montanha e tivesse ficado insensatamente grande, numa noite. – Voltei-me: num redemoinho de espuma azul e de espuma coralina, via-se a Torre de Gálata. Espetáculo fantástico. Ela está inclinada, apoia-se sobre o ombro de casas altas, eriçadas de chaminés; é cilíndrica, sem uma janela, e possui uma coroa saliente, fechada, obtusa e dura como uma peça mecânica. Todo esse gigantesco aparelho escuro formava como que um couraçado trágico. Pensei ouvir um som de sirene e pressenti algo de nefasto, pois eu estava um pouco fora de mim.

Uma grande nuvem rosa varreu essa aparição. Ela voltou e desapareceu outra vez. Depois, um disco vermelho afirmou-se; lançava dardos terríveis, furou as nuvens, triunfou. As mesquitas ficaram brancas e Istambul apareceu; a Torre de Gálata cavalgava Pera, inexorável, rubra na ponta de seu ombro de sombra.

Quando se agitaram os últimos véus vaporosos, acreditei ter sonhado. As velas desapareciam, um barco a vapor havia chegado de Scutari. A ponte fora fechada; e, em torrente, os de Istambul, os horticultores e os *hamals*[36] precipitaram-se; os burricos avançavam galantemente, com tomates em folhas de vinha; os carregadores, molhados já de suor, fatigavam-se sob cargas inconcebíveis; cambaleando com as pernas frágeis batidas pelas inúmeras dobras de suas calças bizarras, penetravam no funil de Gálata, lá onde sobe em escada essa rua que leva até junto à torre.

Foi uma realidade – e inelutável! Partíamos. Deixávamos a cidade conquistada e adorada. Havia-nos sido dado um descanso de vinte e quatro horas, isto é, submeteram-nos a uma quarentena "turca moderna" na saída do mar Negro. Isto num grande paquete russo cheio de peregrinos negros, judeus fugindo das perseguições, persas, gente vinda do Cáucaso e vestida como no teatro (mas muito melhor!).

Devíamos tornar a passar ao largo de Constantinopla. Foi em plena tarde deslumbrante. A esteira do navio levava rapidamente, nas duas margens verdejantes do Bósforo, nossos olhares e nossa melancolia às *konaks* de madeira que submergiam nas águas. Velas brincavam à nossa frente, e foram elas as mensageiras da aparição, conduzindo-nos lá onde a Ásia se afasta bruscamente da Europa, diante da inesquecível coisa. A luz estava atrás de Istambul, que era como um monólito dela. A vibração da luz formava-lhe na água uma base de brancura onde passavam essas velas e onde ancoravam os mudos paquetes. Na proa dispunham-se em andares os telhados do serralho em meio aos ciprestes e às figueiras – palácios de poesia, criação tão refinada que ninguém a sonhará duas vezes. Dali partia a sequência que vocês conhecem. A evaporação do mar fundia-se nessa contraluz, e essa grande contraluz, estendida até Mihrimah, destacava-se contra um céu aniquilado de claridade. – Creio que nunca vou rever uma tal *unidade*!

Passamos depressa. Não quis mais olhar senão o verde azulado do mar, onde a sombra do barco determina profundidades imensuráveis. E para mim foi como se o véu do meu pequeno templo também tivesse se rasgado!

O DESASTRE DE ISTAMBUL

DESPERTO DESSE PESADELO. NOITE TRÁGICA! ESPETÁCULO GRANdioso, feito de fogo, de multidões impassíveis e de multidões transtornadas, de gritos e de lágrimas – em outra parte, a festa e suas fanfarras, suas luzes ásperas e seus petardos imbecis. Esta manhã às nove horas sob a luz branca, olho pela janela: Istambul, tranquila na distância, não mudou. As mesquitas, da Süleymaniye à Mehmet, destacam-se no azul como sempre.

Nada de estranho se vê. No entanto, nove mil casas são agora cinzas.

Ontem estávamos no lado oposto de Istambul, entre Pera e as Águas Doces da Europa, num grande platô onde nenhuma erva cresce. Era a festa da Constituição; a Turquia Moderna em massa assistia ao desfile. Na poeira vermelha, opaca, levantada em turbilhões, os sonhos de Raffet[37] se exprimiam em ritmos "hodlerianos": assim, sobre o muro pintado de Iena, marcham fileiras cerradas de estudantes armados, ao infinito. – O exército havia desfilado; depois, inesperadamente, foi a vez dos bombeiros, completos, às centenas. Estávamos estupefatos: o que esses homens faziam ali num dia como aquele? Nesse país de ataques sorrateiros e de complôs, era a hora propícia às vinganças reacionárias! Justamente na véspera havíamos percorrido, mais além do Aqueduto, o imenso campo deserto que fora aberto em Istambul, dois anos antes, por uma vingança política.

Assim os bombeiros de Constantinopla desfilavam em festa, a algumas horas de Istambul, e Istambul ardia sorrateiramente em três pontos.

Fatigados do desfile matinal, líamos atrás de nossas janelas fechadas. Um acaso nos fez pôr o nariz na janela: uma grande fumaça preta coroava Istambul e as chamas brotavam do prédio do Estado-Maior. Na rua, grupos de "bombeiros voluntários", descalços, passavam correndo como loucos e gritando. Vestimo-nos e descemos rapidamente os Pequenos Campos dos Mortos, atravessamos Gálata e chegamos ao Chifre de Ouro junto à ponte dos barcos. Istambul dispõe-se em andares, no empilhamento cerrado de suas infinitas casas de madeira afogadas entre as árvores. Somente as mesquitas e alguns prédios administrativos animam de manchas brancas esse tapete violáceo e verde-escuro. A multidão comprimia-se na ponte, precipitando-se em direção ao incêndio; adivinhava-se já o desastre imenso. – Subimos as ruas tortuosas próximas do Bazar e margeadas de lojas. Ali escorre uma torrente de água preta de fuligem; uma torrente também de *hamals*, de pequenos artesãos que, sem uma palavra de queixa, mas gritando para abrir passagem, retiravam seus móveis, suas ferramentas. A multidão curiosa sobe e a polícia ainda não se organizou. Aqui, porém, a rua está barrada; há fogo nas casas de ambos os lados, devorando o bairro dos carpinteiros. Em todas as ruas vizinhas as lojas já se esvaziaram, a mercadoria está longe, abrigada num depósito ou numa mesquita transformada em guarda-móveis. Os proprietários, agachados com seus amigos e fumando, espreitam a chegada das chamas, prontos para fugir.

O fogo irrompeu em três pontos simultaneamente. Primeiro foram os prédios do governo em torno do Ministério da Guerra. Depois, o bairro adjacente a Yeni Valide Camii. Completando o triângulo, as ruas tipicamente turcas ao longe, perto da mesquita de Chah Zadé, com casas de madeira de milhares de pequenos artesãos. O triângulo imenso haveria de fechar-se e, com o vento espalhando as chamas, alcançar à noite a Sultão Mehmet, de um lado, e o mar, em Yeni Kapi, do outro lado, num trapézio abrangendo dois milhões de metros quadrados!...

À noite estamos na praça do Sultão Beyazit. Os três focos juntaram-se e o vento gira e ameaça o Bazar. Seria uma ruína terrível. Chegam os comerciantes, um a um; as lojas se iluminam, as mercadorias se acumulam diante das portas. Grupos de *hamals*, acompanhados de policiais a cavalo, transportam tudo. Passam veículos sobrecarregados, puxados por bois impassíveis ou por cavalos irrequietos. Corre-se a todo momento o risco de ser esmagado.

O fogo avança mordendo as ruas em cada extremidade e as casas esvaziam-se uma a uma. Os pequenos artesãos continuam a tirar seus pertences, este curvado sob um espelho enorme, aqueles três sob um armário cheio de roupas. Um outro, carpinteiro, carrega seu cavalete, e os filhos o acompanham com as pranchas. Mulheres cobertas de véu afastam-se lentamente, chorando e puxando as crianças, que gritam. De uma casa que as chamas vão atingir é retirado um morto já encerrado no ataúde; seis homens curvados, correndo, transportam-no em meio à multidão. Onde depositarão essa encomenda estranha?

A multidão enche as ruas, tranquila, curiosa. Ela obstrui os pobres que o fogo fustiga e que gostariam de salvar suas roupas velhas; nenhum movimento de compaixão, de solidariedade, leva essa multidão de ociosos a um gesto de ajuda generosa. Todos esses turcos de túnica de seda preta e turbante branco olham gravemente; os cafés estendem-se pelas praças e as árvores mal protegem as pessoas da chuva de fagulhas que voam freneticamente. Os comerciantes de rua vendem suas limonadas, seus xaropes, seus sorvetes, suas frutas. Parece um intervalo muito longo num teatro, num espetáculo extraordinário, mas do qual o público está cansado porque tudo lhe é conhecido e nada mais interessa. Pois Istambul arde assim há séculos. O céu no horizonte fez-se negro; de verde-esmeralda que era há pouco, ei-lo agora azul profundo, afogado de verde como as águas mais glaucas. Os minaretes e as cúpulas de Beyazit alteiam-se, numa esplêndida unidade, incomparavelmente majestosos, talhados no ouro maciço. Através das perspectivas em chamas, sob a imensa nuvem de fumaça de ouro, avistam-se por instantes outros minaretes brancos como um ferro muito aquecido. Trombas de carvões ardentes, diabólicas e dançantes, levam a devastação a centenas de metros de distância. Não se tem a impressão do horror, pois não se vê nenhuma face convulsa, não se ouvem gemidos nem gritos a não ser os palavrões dos *hamals* sobrecarregados; nenhuma blasfêmia, não se erguem punhos contra o céu. Todos estão subjugados por uma beleza formidável; é uma obsessão de grandeza. Estão absorvidos por essas colunas de ouro que absorvem também as casas, e não procuram senão apaziguar essa paixão de beleza diabólica que nos perturba. Buscam-se os espetáculos belos. Discorre-se sobre o fantástico surgido das cúpulas e dos minaretes. Descobre-se, enfim, uma parte daquela Constantinopla de grandeza e de magia que se sonhara. Um sopro de loucura imperialmente bizantina mistura-se a uma cínica volúpia fatalista. E, se as pessoas vão de um ponto a outro, é para que o disco negro de uma cúpula que se ergue sobre um brocado de fogo se oponha mais harmoniosamente à afirmação grave de um obelisco. Gira-se ao redor do colossal braseiro como ao redor de uma estátua; senta-se diante dos feixes alegres de fagulhas, buscando o ponto de vista favorável como diante de uma pintura. Um astrônomo veria fantásticas e novas vias lácteas nessas três fabulosas colunas de fumaça resplandecentes de carvão. É a exaltação da alegria! De uma estranha alegria!

Lentamente tornamos a descer em direção ao Chifre de Ouro e, depois de admirar desde a ponte o espetáculo das mesquitas imensas, grandiosas de púrpura e de ouro, e cem vezes maiores do que nunca as vimos sob a luz do dia, um pouco fantásticas, um pouco loucas, subimos de volta os Pequenos Campos dos Mortos onde, na solidão da areia escura, escavam-se os últimos túmulos. Do terraço de nossa casa, o espetáculo sintetiza-se. O Chifre de Ouro desta vez é de fogo (ele, sempre tão inexpressivo!); resplandece como metal fundido e defende a barra negra da Istambul preservada. Na crista do monte, lá onde durante o dia se vê por cima das casas a abertura infinita do mar de Mármara e das montanhas da Ásia, vê-se agora a chama desse colossal sacrifício. As mesquitas

Süleymaniye e Chalı Zadé espetam com seus minaretes agudos e negros essa carne de fogo. A mesquita Beyazit, à esquerda, a de Mehmet, à direita, recebem a carícia quente e tornam-se de alabastro. Seus minaretes se perdem, brancos e místicos, no alto do céu. Elas marcam os dois limites do inesquecível altar... E mais de dois mil metros as separam! O aqueduto de Valens parece querer reuni-las e, pelos inúmeros buracos de suas arcadas, é como se fogos saíssem pelas vigias de um navio em chamas.

É uma hora da madrugada. O vento lança mais longe as chamas. A nuvem grandiosa de fogo arredonda-se pesadamente e desmaia. Estamos diante de um espetáculo que vai além de nossas forças compreensivas e nos deixa estúpidos, tomados de grande melancolia. Com angústia olhamos esse dragão furioso que se agita e não paramos de repetir: é horrível, é horrível!...

MISCELÂNEA, RETORNOS E SAUDADES

ACABOU E NÃO FALEI DE NADA! NEM SEQUER UMA PALAVRA DA vida turca! Uma palavra seria um livro. Nossas pobres sete semanas não foram suficientes para nos fazer entrevê-la. Sendo assim, calei-me sobre esse ponto. Acreditem que entre cada uma de minhas linhas faltam cem. Falar de Istambul e não dizer sua vida é retirar a alma dessas coisas que mencionei. E, se eu tivesse feito isso, falando da harmonia *dessa* vida com *este* meio, acabaria por falar também do terrível desastre, da catástrofe inevitável que aniquilará Istambul: o advento da Turquia moderna. Vi neste ano o crepúsculo de Constantinopla.

Eis aqui, portanto, anotações dispersas para reparar esquecimentos, algumas voltas atrás, e saudades.

Um santuário de fé católica, morto para nossa raça, ainda perpassado de almas para alguns sonhadores vagabundos, afunda-se no negro de suas pinturas vetustas e apresenta ao visitante piedoso e raro uma iconóstase que se extingue na sombra com Cristos na cruz, em transfiguração, em aparição; no meio, num céu de fogo, um anjo anuncia a uma virgem trêmula uma redenção para os séculos futuros. É o "Paraíso" do primaz metropolitano, em Bucareste.

Citei algumas vezes comentários de meu augusto companheiro, no entanto jamais o designei. Eis aqui esta efígie: flamengo de raça, mas apaixonado pelo parisianismo moderno. Sua raça pesa com a língua sobre os "b" que ela suprime. Quanto ao moral, um tipo magnânimo. Aqui estão alguns pequenos fatos reveladores. Ele se atreve a gostar de Jordaens, de Brouwer, de Van Ostade,[38] dizendo: "Vivam eles! Eles bebem e riem e comem!". Nos dias em que uma angustiante miséria nos reduzia a pão preto (com todas as letras), ele desaparecia nas esquinas para comprar charutos, às escondidas. E achava que morreria quando tínhamos de acrescentar água nas taças de café e nos copos de cerveja! Outra traição de seu "ego" (certa vez em que passamos a noite num banco, ao relento)! Ele acorda, levanta-se e fixa longamente em mim seus olhos embrutecidos de sono; ao cabo de uma eternidade, voltando à consciência, propõe ingenuamente: "Podíamos talvez *poire une pière*"![39] Como se houvesse um barril, ali, debaixo do banco! Outro fato revelador: em Pera, Auguste está com todos os percevejos, desta vez, em sua cama. Às três da manhã, ele acende a vela e começa a caçada. Irrita-se na perseguição a esses bichinhos chatos que são apanhados entre suas longas unhas (pois esse teórico, esse historiador da arte, é um tipo elegante!). Então as golpeia contra o mármore da mesa e os bichinhos caem; são espetados com uma pena de escrever e, a seguir, fritos; os cadáveres afundam na cera quente, formando no dia seguinte um nugá, eminentemente turco. Auguste transpira e, terminado o massacre, conclui: "Ô la la! Que falta faz um cigarrinho...". E volta a dormir, como um bebê, feliz com a carnificina e ébrio de fumaça!

Outra coisa: ele é adoravelmente gascão; tem uma imaginação que se trai em gestos e pensamentos de impacto. Fez acreditar a um dos sobrinhos do padre Bonnal, que nunca fora além do Cairo, que em nosso inverno a neve atinge vinte metros de altura. Vinte! O sobrinho quase teve um resfriado... de assombro! E continuou: "Sim, um dia em Florença – a propósito, os florentinos nunca tomam banho! – eu tomava banho para divertir-me, bem debaixo da Ponte Vecchio. Uma multidão impressionante debruçou-se no parapeito, me olhando. E eu, para escandalizá-los, completamente nu no meio do rio, acendi tranquilamente um cigarro!"...

Auguste, quanto ao físico: a estátua de um faquir. Ao procurar um quarto em Pera, durante um dia inteiro, ele olha de soslaio os últimos letreiros de "quarto mobiliado" como o faria um peixe num cesto. Come com a convicção de um gato que dorme e a seriedade de uma vaca que bebe. Jordaens, Brouwer! Auguste, pedirei ao editor do meu pequeno diário que omita, na remessa destes artigos, este documento denunciador!

O ex-primaz metropolitano da Valáquia húngara, sua santidade Ghenadié, espécie de Papa dessas terras, não fez a prece antes da refeição quando nos recebeu. Falou de arte, de economia política e social, procurou nos acolher da maneira mais alegre possível. Tinha a cabeça de um soberbo Pã "rubensiano" e a mesa estava coberta de lírios. Nesse dia, em Bucareste, havíamos passeado de monastério a monastério, no carro do ministro do Interior. Nem todos os dias se assemelham!

Filosofia bucarestiana, uma noite após o jantar. Estamos de acordo, Auguste e eu: o protestantismo, como religião, carece dessa necessária sensualidade que há no âmago do homem dos santuários, e da qual ele pouco tem consciência, e que faz parte de sua animalidade ou talvez de seu subconsciente mais elevado. Essa sensualidade, que embriaga e escapa ao domínio da razão, é um fundo de alegria latente e um anel de força de viver muito vibrante. Ronsard,[40] que amava o catolicismo porque nele encontrava essa base indispensável, dizia que, se o abandonasse, nunca seria para tornar-se pagão; viveria então entre os selvagens, "que felizmente seguem a lei da natureza". Pois somos daqueles marcados pela assustadora austeridade de nossa moral inábil e imprópria.

Quando vejo passar cortejos fúnebres ortodoxos, em Pera, com o morto descoberto sobre o qual voam moscas e que o sol mostra pálido e asqueroso, isso me indigna e me repugna. Por que essa ostentação do horror? É com o objetivo de fazer pensar, a cada um dos que deparam com *isso*, que o fim chegará? Não deveriam, antes, pregar-nos a Vida Boa? Viver bem, harmoniosamente, aproveitando-se dos benefícios da Terra, parece-me ser o nosso programa. O resto não nos compete. Quando Ela chegar, teremos de capitular, pois Ela é a mais forte. Mas que pelo menos, antes de partir, tenhamos alguma coisa e que na partida façamos boa figura!...

Vou me contradizer, ou me completar: a arte camponesa procede da arte da cidade. É um caso particular dela. É uma arte mestiça, porém bela, de traços sempre interessantes e, em todo caso, de uma poderosa estatura. A arte do selvagem é inicial. O camponês, *quando cria*, é afortunadamente um grande selvagem. Mas ele tem seu mau gosto, e seu orgulho, e sua preguiça. Eis por que rouba da cidade suas expressões, seus vocábulos, e torna a apresentá-los com ingenuidade e inconsciência. É uma força natural que brota involuntariamente e quase contra ela. Isso é muito bizarro e nos vale obras cheias de defeitos e barbarismos. E o defeito nos parece belo, para nós que nos tornamos refinados. Vejam as casas de camponeses da planície romena: elas têm um brilho deslumbrante, assombroso: o reboco é branco; a base, de um azul intenso; os ângulos, pintados ou modelados, representam pilastras; as janelas estão cercadas de colunas e frontões pintados num azul formidável, às vezes realçados de um amarelo glorioso. São os elementos arquitetônicos clássicos, mas empregados de forma completamente excêntrica, pois não há base sob as colunas nem entablamento em cima. O capitel (a flor, o *ornamento*) é seu objetivo e seu fim. Pois, se o *vocábulo* foi citadino (por espírito patológico de burguesismo), a alma, o desejo, a mão foram selvagens. Foi algo furiosamente pintado num dia de primavera, para todo o ano, apenas para dar ao camponês um cenário de festa, um lugar de repouso alegre e colorido. Ele quer sentir-se, no sentido próprio do termo, em seu palácio. Assim o selvagem cobre-se de cores chamativas e busca criar beleza a seu redor.

Isso quer dizer que a cidade não deve retornar ao campo; seria oferecer, ao mal-estar, a doença como remédio.

A cidade deve buscar-se e reengendrar-se ela própria. Está obrigada a isso e, aliás, não poderia ser de outro modo.

A propósito dos landaus e outros veículos de molas em uso nos Bálcãs: após duas horas de trepidação na única carruagem da aldeia de Schipka, chegamos a Kasanlik; percebemos que todos os nossos dentes haviam caído, e tínhamos a boca cheia deles. E, enquanto pensávamos em processar o cocheiro, eis que ele descobre quatro buracos que fizéramos no assento de seu banco (nós, ou melhor, a ossatura de nossos traseiros). Então, tudo bem considerado, apertamos a mão do sujeito e lhe demos quatro vinténs para comprar molas – por favor! Auguste pensava com horror em seu dente arrancado pelo fígaro de Tirnovo, e que dessa vez isso se realizara sem dor...

Na concepção de muita gente – do povo... e da melhor sociedade –, um pintor trabalhando na rua é algo como uma edícula pública, banca de jornais ou coluna meteorológica. Todos se aproximam para ver. E é preciso aguentar a penosa e indiscreta presença de uma multidão de tolos que não poupam sequer as reflexões. De resto, é uma felicidade quando não se instalam entre seu tema e você!

Os amigos do viajante. – É preciso enviar-lhes postais, cartas; na partida, pediram imperativamente: "Não deixem de trazer fotos e bibelôs!". E suamos muito na conquista de um prazer que é preciso arrancar com violência. Os amigos nos abandonam, têm ciúmes de nós. Nunca obtemos deles uma resposta. Ignoram – não é mesmo? – nosso endereço sempre mutável. Como se a prosa deles fosse se perder, chegar muito tarde, muito cedo!... Ó, os caríssimos, ocupadíssimos amigos!

Das alegrias do Baedecker.* – Num museu de mosaicos: "Na parede à direita, papagaios, gato selvagem com uma perdiz; no pilar do meio, abaixo do mosaico, peixes. Assembleia de sete filósofos...".

A propósito do Pentélico, o monte de onde vieram os mármores radiosos da Acrópole: "O cume, munido de um sinal trigonométrico, era ornado na Antiguidade por uma estátua de Atena".

Enfim, em Constantinopla, alguma coisa como isto: "Lá onde estão atualmente os depósitos da estação de mercadorias, erguia-se o templo de Vênus...".

Houve a Idade da Pedra, a Idade do Bronze, a Idade do Ferro. E depois o século de Péricles. Dois mil e trezentos anos mais tarde, a idade das latas de petróleo, abrangendo toda a Europa oriental, marca uma nova etapa da civilização e das artes aplicadas.

Pois até aqui, no Oriente, eram utilizadas ânforas de barro vermelho de perfil puramente clássico. Algumas mulheres ainda retornam das fontes com as atitudes da Ester bíblica; mas são raras, e as grandes latas de dez litros, providas de uma alça de madeira horizontal, fazem entrar em agonia, nesta hora, as artes cerâmicas. A lata é menos quebradiça. Os povos não mais se detêm nos devaneios poéticos no crepúsculo de um oásis! Assim, dentro de dois mil anos, debaixo de três metros de húmus e detritos, serão inúmeras as descobertas; e, em vez de terracotas arcaicas, surgirá a marca apreciada dos petróleos de Batum.[41] Também virão à luz,

* O Baedecker é o "guia do viajante" impresso em diversas línguas, semelhante ao Joanne.

sob o Hipódromo, vidrarias com conchas douradas vindas da Alemanha e discos gramofônicos. Por outro lado, quem sabe algum êmulo dos que em Pompeia exumaram a "Casa dos Amores Dourados" não descobrirá, entre as paredes de nossas casas do Norte, banquinhos turcos fabricados em Veneza e, numa construção de pedras artificiais que as lavas do Pouillerel forneceram intactas, um negrinho bem encerado, no começo da escada, segurando a lanterna do Gosto!*

Aforismos turcos: onde não há casas, há túmulos. Assim, a terra é sempre habitada. Entre nós, a terra é um deserto; onde se constrói, plantam-se árvores. Entre nós, a terra é um paraíso comparado ao Oriente; quando construímos, transplantamos. – Istambul é um pomar; La Chaux-de-Fonds,[42] um pedregal.

A Turquia moderna. Nas Águas Doces da Europa. – Turcos num caíque conseguiram um fonógrafo e deixam-se embalar pelo murmúrio das ondas e pelos gritos estridentes de um trompete. Os burgueses de Paris, em suas casinhas de subúrbio, ignoram tal refinamento. Num café sob os plátanos, um velhote toca gaita sem parar; é sempre a mesma melodia durante horas. Ele encarna, nesse instante, as profundas persistências da raça. Em breve morrerá e ninguém o substituirá: a Pathé[43] já transpôs os umbrais, como conquistadora.

* A pedra artificial era o concreto armado, que aparecia nos canteiros de obras. "Pouillerel" é uma montanha redonda (eminentemente jurássica), e o Jurássico, por "essência", é sem vulcões. O "negrinho", bem encerado, era esculpido no começo das escadas, contendo uma lanterna de proveniência veneziana e fabricada em série, trazida de uma viagem de núpcias à terra dos Doges.

Istambul morrerá. Porque arde sempre e a reconstroem. O imenso bairro do Aqueduto de Valens, devastado num incêndio há alguns anos, eu o vi reconstruído por uma *Companhia* (sintam, em relação a Istambul, o valor das palavras!), por uma *Companhia alemã* (depois do que tentei lhes dizer das ruas de Istambul, obscurecidas de folhagens entre muros cor de salmão, estremeçam ao ouvir essas duas palavras associadas!).

E o que se escreveu nos jornais de lá, após o desastre de que tive a ocasião de falar, vocês não chegaram a ler... O "progresso"! Repito-me: os povos não mais se detêm a sonhar *sob* o crepúsculo dos oásis! – Eles se vão!...

A casa de madeira turca, a *konak*, era uma obra-prima arquitetônica. (Théophile Gautier escreveu, em cada página de seu livro, que era um galinheiro.) Afirmem, pois, que os dogmas da arte são imutáveis como os do Santo Padre!

"Do cólera e da crise dos *carpus* e *peponis*" – Tese para economista social anêmico! O *carpus* é um melão bem redondo, liso, verde-escuro por fora, vermelho-ruivo com coágulos pretos por dentro. O *peponi* é um melão oblongo, liso, amarelo-ouro por fora, vermelho-ouro por dentro, e mais perfumado ainda que o outro. Ambos provocam magistrais diarreias. Mas o turco o digere galhardamente: vive com seu harém e seus melões. Mas sei que ele abusa dos segundos. Vi chegar toda manhã, no Chifre de Ouro, dezenas de barcos carregados de *peponis* amarelos e *carpus* verdes. Num dia em que cem turcos, gregos, armênios ou malteses passaram a morrer por contágio, cada vinte e quatro horas, porque o cólera grassava até a Groenlândia, um *firman*[44] proibiu o consumo do *carpus* e do *peponi*! O que aconteceu depois nao sei, pois escapulimos para Atenas!

Em 17 de agosto desse ano, o tipógrafo de *La Feuille d'Avis* punha para lavar a roupa suja em casa; tanto é que no dia 18, movido pelas preocupações domésticas, escreveu sobre a festa das flores em Viena: "Transbordamento de cores e exibição de roupas". Era "exibição de luxo" que devia escrever. "De roupas" não combinava com o espírito de Maria Teresa, Maria Antonieta, com essas grandes damas que se divertem sob as aleias do Prater num alegre dia de maio!

Retorno à gravidade.

"Doloroso, o encontro com turistas!", anotei um dia em meu caderno de viagem. São filisteus em êxodo, notados mais do que nunca porque estão fora de seu meio e porque formam manchas. Vemo-los, mas sobretudo ouvimo-los, porque têm segurança de gosto nos calcanhares e fazem, apressados, as peregrinações da arte apregoando oráculos...

A admiração nunca se dirige ao pensamento do artista. A fibra do "*strass*[45] e do ouro dobrado" vibra sempre intensamente. Extasiam-se com o *trabalho*: "Que trabalho!", "É um trabalho de romanos!", "É inteiramente feito à mão!"; com os materiais: "Nenhuma pintura, é mosaico!". Concluem: "Meu Deus, como deve ter custado caro!". E vão embora: "Sim, foi muito bonito!". – E ficam completamente fora de si quando se misturam o dourado, o novo-rico, a inconveniência, o horror ostensivo. – Pois o público não compreende mais nada, perdeu as medidas. É confundido pelas teorias, não sabe o que tomar para sua purgação ou sua edificação. Leva em si, também, o germe assustador que vai arruinando, nos países castos, os corações até então simples e crentes, as artes até então normais, sadias e naturais. O que vi em viagem retira-me para sempre toda esperança no candor das raças novas, e dirijo todas as minhas expectativas aos que, tendo começado no alfa, já estão bem longe e conhecem muito. Por isso, penso que não se deve reagir. Pois a depuração é uma necessidade vital; assim como se foge da Morte por simples desejo de viver, retornaremos, sim, à saúde dessa época, saúde adequada a nossas contingências, e daí à beleza. No mundo inteiro, *retorna-se*; as escamas caem dos olhos. Ao germe canceroso opõe-se o germe juvenil, vigoroso, alegre, nascido do "vencer ou morrer".*

– Não queremos morrer.

Mas a confusão é completa e o desvio dos entusiasmos, irreparável. Um francês e sua mulher, conhecidos na Bulgária, disseram-me num tom cheio de enlevo, ao voltarem de Constantinopla: "Ah, sim, é uma graça, mas pena que as ruas sejam tão sujas". E a mulher logo corrige: "Não, acho isso justamente muito chique!". E os dois concluem que ficaram encantados de passar aqueles *quinze* dias lá. – Sem nenhuma informação, perguntamos a um búlgaro o que ver em Filipópolis[46] ou em Andrinopla. "Filipópolis, senhores, é moderna, há grandes ruas retas, é limpa! Andrinopla é uma suja cidade

* Esperei sessenta anos antes de poder designar esse ponto de inflexão do qual se difundiu o conhecimento e o gosto da arte de hoje. Foi o inventor do clichê *simili* reticulado que provocou o emprego direto e integral da fotografia, isto é, a utilização automática, sem o concurso da mão, verdadeira revolução!

turca!" Fomos a Andrinopla, mas pensamos que havia, mesmo assim, algo a reter desse julgamento, para a arte de amanhã. – Um dentista grego conhecido em Constantinopla e que pratica há muitos anos a profissão no Cairo nos diz: "O Cairo? É cem vezes mais belo que aqui! Oh! com certeza, pois *eles têm os ingleses lá!* Com os diabos, é uma cidade como na Europa! Vocês sentirão prazer, verão algumas ruas asfaltadas. Além disso há bondes, e hotéis, cinquenta, cem vezes maiores que os daqui. Não deixem de ir a Heliópolis; lá todas as casas são novas". – Atordoado, peço notícias da cidade árabe, da cidade branca com muxarabiês[47] e minaretes policrômicos, e do museu onde em breve estará todo o Egito. "Sim, sim, conheço, mas isso não é o Cairo!" Ele apreciava, porém, as Pirâmides.

O ATOS

UM ECLETISMO INQUIETANTE NOS INCLINA CADA DIA A TOLERÂNcias senis e desconsideramos a hora presente. Que monte de velharias ocupa a maior parte de nossa ação intelectual! E a ação prática, efetiva, esmorece, cambaleia, tendo quase o rosto nas costas, petrificada como a mulher de Lot, de tanto olhar para trás. No entanto – sinto às vezes uma vergonha mortal, um desprezo de mim mesmo – aviadores matam-se para voar como pássaros, barcos insensatos, mundos novos originados de um século de trabalho dos engenheiros, perdem-se no mar por terem querido ganhar algumas horas ao atravessar um oceano; os montes, perfurados, não são mais um obstáculo etc.

Ao fim de um concerto muito preso de Bach e de Haendel, eis que jorra o "Final para órgão" de Franck! Gritos, ânsias, arremessos, marcha gigantesca, obstáculo derrubado e luz resplandecente, em meio ao martelar de clamores e suspiros de heróis! O ser inteiro é conquistado, renasce e levanta-se, e o orgulho tem direito de estar em nossas frontes.

Ó esse Atos[48] condenado à morte, por voto de aniquilamento! E tão marcado de uma poesia lancinante! Sim, chegar lá, com força nos punhos e não para adormecer na lenta narcose da suposta prece, mas começar a imensa vocação do trapista – o silêncio, a batalha interior, sobre-humana quase, para conseguir fechar sobre si mesmo, com um sorriso antigo, a pedra do túmulo!

No primeiro fim de tarde em que desembarcamos no pequeno porto de Dafne, acreditei ter chegado a uma ilha de outrora onde cada vestígio se ergue em evocação, com uma poesia feita apenas do culto das coisas findas. A hora não era somente bucólica, mas cheia de silêncio e apaziguamento, e sobretudo sagrada. Três dias de mar estabelecem na alma uma quietude móvel em que o devaneio alça voo, mesclada às mais violentas ações que o espírito engendra para os anos vindouros – sonhos ainda; não, esperanças. Sensações múltiplas e extremas, viris ou enlanguescidas. Ações e reações contínuas nesse terreno plano do bem-estar de uma travessia sob o céu do Islã, nem sequer perturbada pelas refeições de mesa de convidado, das quais escapamos. Instalados na proa, vivemos como ciganos, abrindo os olhos aos ventos mordentes da aurora, esmagados pelo calor do zênite. E, nas horas do entardecer, sentados sobre grandes rolos de cordames ou sobre a âncora, ver chegar a incomensurável riqueza do poente e uma mesma ação do céu que se anima, acendendo os troféus fulgurantes do sol, e nossos músculos fustigados pelo sangue que renasce. Depois aquelas horas da noite, durante as quais, imóvel, eu simulava dormir para, de olhos bem abertos, ver sem parar as estrelas e, de ouvidos atentos, sentir adormecer todo vestígio de vida e glorificar-se *o silêncio*. Vivi então intensamente essas horas felizes, e elas deixaram em mim, de três anos para cá, sua despótica lembrança.

Acredito que a horizontalidade do sempre mesmo horizonte e, sobretudo em pleno meio-dia, a uniformidade imponente dos materiais percebidos instalam em cada um a medida mais humanamente perceptível do absoluto. Na irradiação da tarde, eis que aparece a pirâmide do Atos! Como uma solene efígie, eleva-se durante várias horas para, num súbito engrandecimento precipitado, nos dominar com seus dois mil metros surgidos do chão. Uns peregrinos, pobres-diabos, curvados mais que nós sob a pressão progressiva da imagem, mantêm em seu grupo um silêncio radioso ou ansioso que, no momento em que as hélices suspendem sua ação, confere às breves ordens partidas da passarela alta a solenidade de uma sentença. O rangido das correntes, as âncoras imersas, a imobilidade...

A obsessão do símbolo, no fundo de mim, é por uma expressão-tipo da linguagem, circunscrita ao valor de algumas palavras. Aqui, a vocação é a causa: o regime das pedras e das tesouras, dos volumes, dos cheios e dos vazios, trouxe-me uma compreensão talvez demasiado geral da vertical e da horizontal, do sentido do comprimento, da profundidade, da altura. E considero esses elementos, essas palavras mesmas, como detentores de significações infinitas, inúteis de diluir, uma vez que a palavra em si, em sua absoluta e forte unidade, as exprime todas. Levado mais longe, concebi a cor estratificada em percepções amarelas, vermelhas ou azuis, violeta ou verdes, e insignificante o detalhe das combinações, como a das tranquilas passagens de linhas que vão da vertical à horizontal – exceto a inclinação bissetriz. Que o ritmo concatena, assim, esses grandes termos de expressão! Deixarei estiolar-se a cultura, escrupulosa no detalhe, que um mestre me inculcou. A consideração do Partenon,

Igreja do mosteiro de Filotéon, Monte Atos.

bloco, colunas e arquitraves, será suficiente a meus desejos, como o mar em si e apenas por essa palavra; também os Alpes em si, símbolo de altura, abismos e caos, ou a catedral, serão espetáculos suficientes para monopolizar minhas forças. Assim, determinada casa, por suas múltiplas paredes divisórias, evocará o desprazer de topar com um seixo caído da britadeira, e, embora admirando Claude Monet, ficarei furioso e saudarei Matisse. Todo o Oriente pareceu-me forjado a golpes de símbolos. Conservo a visão amarela de um céu, embora muitas vezes fosse azul; a visão castanha das terras, e a lembrança única de templos de pedras e casas, de adobe ou de madeira. Esse mesmo modo de pensar me faria julgar insana a busca da forma de um vaso diferente daquela, milenar, nascida em todas as latitudes. E me faria amar as relações geométricas, o quadrado, o círculo, e as proporções de uma relação simples e caracterizada.

Será que não precisarei, para dirigir essas forças simples e eternas, do trabalho de uma vida, sem sequer ter a certeza de chegar a uma proporção, a uma unidade, a uma clareza dignas de um pequeníssimo casebre de província, construído segundo as leis inestimáveis de uma tradição secular?

Assim, no crepúsculo radioso após nosso desembarque em Dafne, deliciei-me intensamente com a oblíqua subida de nossas mulas que uniam, em sua paciente marcha no flanco do monte enorme, o mar e a crista, para além da qual, mais infinito ainda, apareceria novamente o mar. Era uma conjuração de elementos primários – o mar, a montanha e seu símbolo ligado pela Virgem – e o embriagador abraço de um anoitecer úmido, emanando voluptuosamente dessa encosta em aromas cálidos pendurados em tantas árvores novas, em tantas espécies desde sempre simbólicas – amoreiras, oliveiras, figueiras, vinhas e sarças imensas, e os inalteráveis azevinhos – e também ciprestes que nos surpreenderam muito alto num tabuleiro, quando o sol emudeceu, como vinte sentinelas melancólicas zelando por esse extenso claustro de Xiropotam, e dominando-o. Minha mula retardara-se, eu estava muito atrás; anoitecia. E havíamos escalado tantas encostas abruptas e animadas de um impulso uniforme de ascensão! Um muro de pedra seca começava a brotar da encosta e elevou-se de repente às dimensões de uma grande muralha. A seu pé erguiam-se os ciprestes, dominando do alto sua massa cinzenta. Vejam esse céu inefável! Depois, bem no alto do muro, primeira aparição monástica: um jovem pope,[49] a tez de oliva nobremente enquadrada por uma barba negra, saudou-me com uma inflexão tocante do torso, as mãos no peito. A mula trotou e, de uma fonte que manava diretamente do muro, bebeu longamente. Tornando a partir com o ímpeto e a força juvenil que lhe é própria, ela me conduz pela rampa, desta vez pavimentada largamente até o pátio onde vejo, muito próximo, o primeiro convento.

Vimos muitos deles, nos dezoito dias que se seguiram. Mas essa visão ficou sendo a mais tocante, a mais nobremente benévola. Havia um pórtico de antiga fortaleza, e sobre a superfície lisa das muralhas empoleiravam-se as habitações celulares com suas galerias abertas para o mar, bem alto no céu.

Mais ao longe, tendo feito girar e deter minha mula, vi um convento de cima e constatei a deliciosa presença de cúpulas de chumbo, reminiscências de Istambul. Um vasto plano horizontal coroava o quadrilátero de construções e conduziu meu olhar ao mar distante e apagado. Os ciprestes eram negros; o convento, do mais delicado cinza; as oliveiras, de prata esverdeada; e o céu, de um verde cru invadido pelo violeta vindo do mar e com estrelas brancas no zênite, que entraram em cena nesse cenário móvel cuja rampa luminosa ia se extinguindo e que culminaria nos negros e no ouro, e na batida dos cascos de nossas mulas sobre as lajes de Kariés adormecida... Havíamos tornado a descer as mesmas encostas já escaladas, e as casas pareciam estar no meio das vinhas. Algumas luzes brilhavam em lamparinas a óleo penduradas aqui e ali. Um silêncio radioso nos deu a impressão de chegarmos realmente a uma terra "prometida". No final de uma rua, uma porta aberta projetava uma grande luz na calçada, iluminando uma parreira onde vimos cachos de uvas. Era o albergue, com o salão aridamente ornado com os ineptos cartazes que hoje internacionalizam os cafés. Rapidamente atravessado, ele dava para uma vasta galeria de madeira, verdadeira construção sobre pilotis, cuja altura nos pareceu enorme naquela noite. Vinhas numa pérgula antiga, como a dos afrescos de Benozzo Gozzoli[50] em Pisa e como aqueles pintados na casa iluminada de baixo por lâmpadas, ondulavam no espaço noturno, deslocando todo sentimento dos valores e oferecendo ao nosso gozo uma impressão nova, completamente imperial, associada a invenções suntuosamente situadas... A colina descia em direção ao mar e, de um terraço suspenso ao qual se chegava atravessando uma vasta sala, avistava-se, enquadrado na arquitetura nervosa de um suporte de madeira, coberto de vinhas cujos cachos azuis e dourados pendiam pesadamente, o mar...

Em nichos naturais, de folhas e gavinhas, mesas estavam dispostas; outras, apoiadas na própria borda do terraço, se privavam seus hóspedes dos pequenos bosques onde Sileno teria se comprazido, pelo menos abriam aos olhos de Baco e seu séquito o espaço mais nobre e aberto do céu e do mar, onde raramente passavam chalupas de pesca, e dos grandes movimentos do solo, vastos como a tempestade, onde cresciam em promissora colheita as uvas, as amoras, as olivas e os figos. A noite era propícia a toda contemplação fortemente comovida e enlanguescida por uma tepidez, uma umidade do ar repleto de sal marinho, de mel de frutas – propícia também, sob parreiras pensas e protetoras, às promessas dos lábios, à embriaguez do vinho e do amor...

Estranho que não tenha havido aqui uma arquitetura mais resoluta, alguns balaústres de mármore, e que atrás de nós o muro do palácio não seja de um estuque modulado em fantasias arquitetônicas, mostrando profundidades simuladas de átrios, e que essa escadaria não suba a algum gineceu, muito embora meu coração se compraza, esta noite, numa espécie de Hespéride ou Citera que Watteau[51] imaginaria para nós. O calor muito forte e o transplante súbito à noite evocadora de um tal lugar, mais do que uma sensação pompeiana, vibram com um langor mais próximo, e a solidão do meu coração desenha nessa sensação castanho-avermelhada a veste negra e o andar separado do marquês sombrio e afastado do grupo, longe das mesas sob as gavinhas e as folhas, apoiado ao parapeito, de costas, e perdido na contemplação do mar...

Não, este aqui é um simples e único albergue de Kariés que, em mil anos, nunca abrigou nem marquesa, nem hetaira, nem mesmo uma simples hóspede de passagem. Pois esta terra dos sóis mais dionisíacos, da mais elegíaca noite, está votada apenas a obscuros, pobres ou desamparados personagens, apenas a nobres almas de trapistas, a criminosos fugindo da justiça humana, a preguiçosos fugindo do trabalho, a sonhadores, extáticos, solitários!

Abundância, vinhas, figos e amoras, oliveiras e álamos enquadram oratórios de um bizantinismo tímido, pedras secas, cúpulas de chumbo, muito reduzidas, pequenas, muros de fortaleza, pontes levadiças, que no dia seguinte, do alto da galeria superior aonde nos conduz a escada, vimos estender-se, inumeráveis sobre os montes, os rochedos, as praias, minúsculos, imensos, alegres, trágicos, acolhedores, severos e intratáveis, abertos, hipócritas, debaixo de um sol branco, com o céu e o espaço cheio da claridade radiosa que fazia cintilar os campos lisos e sem limites do mar.

Popes sórdidos, estropiados, crapulosos, talvez contaminados de lepra, esfomeados à beira das ruas de Kariés, a cidade, suplicam uma esmola. Causam indignação, como se a preguiça e o vício – quem sabe? – testemunhassem como chegaram a esse ponto. Mas não terá sido um lamentável infortúnio, a persegui-los sem fim, que os lançou na Montanha sagrada como num porto de salvação?... e que ali tenham encontrado o cruel egoísmo e a indiferença a seus males? que os pâmpanos das vinhas, as figueiras e as amoreiras, o centeio mesmo dos cercados, lhes tenham sido recusados porque não os plantaram? As grandes lajes de arenito das ruas de Kariés – quatro ou cinco ruas, não mais – são duras para suas chagas, e que leito para seu cansaço!

A Virgem tem um altar na grande montanha inteiramente devotada a seu louvor. O altar tem seu convento ao pé da montanha, numa praia de areia, à beira-mar; o convento é um grande quadrilátero atravessado por uma porta no final de uma antiga ponte levadiça; os muros exteriores banham-se no fosso, estão nus quase até em cima, onde galerias se penduram, onde balcões cobertos se abrem, no terceiro, no quarto andar. No meio do grande pátio está a igreja metropolitana, bizantina de nascimento, de forma, de princípios perpetuados. São bizantinos, hoje, o espírito inteiro desse convento e a menor de suas pedras. Mas outros conventos – vários, dezoito, acredito – estão no alto de rochedos inacessíveis como um ninho de águia. Há outros semelhantes perto do mar. Em toda parte, o aspecto de uma outra era e, pela multidão dos monges presentes, a sensação de um anacronismo desengonçado.

Descemos de Kariés, a cidade, para assistir, no convento especialmente dedicado à Virgem Maria, a sua festa padroeira, à beira-mar, ao pé da formidável pirâmide coroada de mármore branco, o Atos, monte de dois mil metros. Quando o sol tocar o flanco da montanha, as portas do Convento dos Iberos se fecharão esta noite sobre peregrinos vindos de quase toda a ilha, vindos de longe para se embriagar de cantos litúrgicos ou para comer, comer, os pobres, os crapulosos, os miseráveis mortos de fome, porque nessa festa anual o refeitório, imenso berço de pedra animado de um antigo ídolo (alma de uma imperativa abside branca), fica aberto a noite toda. Mas na igreja, coberta de inúmeros e contíguos afrescos hieráticos, cantar-se-ão, na noite negra até o amanhecer, litanias pungentes, alucinantes...

Alegria, festa, sol e natureza coberta de vinhas, figueiras e álamos; o mar defronte marca o auge da tarde por sua refração pálida sobre o verde dessas terras infinitamente onduladas. Descemos em direção ao mar. Um cercado: jovens eremitas vestidos com o manto azul dos frades trabalhadores estão sentados na entrada da vinha. Perto está seu *skite*,[52] túmulo de pedra seca, abrigo de suas duas vidas. "Salve!", dizemos-lhes com a jovialidade do momento. Um deles se levanta com presteza e corre até a vinha, voltando carregado de uvas, sua oferenda espontânea. Os dois eremitas sorriem, inclinam-se, com as mãos cruzadas no peito. "Salve, amigos, obrigado, obrigado!" Passarão meses sem que voltem a ver estrangeiros. Partimos alegres em direção ao mar.

O mar está ao longe deste convento empoleirado. De nossas habitações brancas, a vista horizontal é sem limites, pois nunca vimos, nesta latitude e nesta estação, o horizonte; nuvens de calor interpõem-se unindo o céu e o mar, e apenas reflexos ondulados indicam ao olhar inquieto a presença tangível de uma linha d'água. De nossas janelas, a vista em mergulho é vertiginosa; estamos no andar mais alto do convento, na prumada do pedestal rochoso. A igreja, com o adro lajeado de pedra cinzenta, é uniformemente vermelha sangue-de-boi da base às cúpulas de chumbo, num tom de cinza admirável.

Entramos no refeitório, conduzidos pelo chefe temporal desses monges trabalhadores: a multidão deles, negra e cabeluda, posta-se de cada lado de duas longas mesas que se juntam, diante de uma abside santificada por um ícone de ouro, à dos superiores, em forma de ferradura. Estamos no lugar deixado vazio para o hóspede sempre esperado. O peregrino de Jerusalém não está hoje conosco, esse homem que fala um pouco de francês, homem cuja beleza estranha, a atitude reservada e o fervor ardente nos intrigam.

Depois de o chefe abençoar, acredito, os alimentos, todos se sentam. Sobre as tábuas de madeira branca, as mãos dos frades são rudes e calosas, engrossadas pelo trabalho da terra e irmanadas, em sua robustez, aos pratos e terrinas esmaltados, comuns a todos os campos e que implicam *a terra*. Em frente a cada hóspede, três terrinas contêm tomates crus, feijão cozido, peixes, nada mais. Também um pote de vinho, uma taça de estanho e um pão de centeio preto, pesado e redondo, o tesouro cotidiano, o meritório símbolo. Diante da abside, os superiores cortam o pão, comem e bebem a comida e o vinho nas terrinas e nos potes verdes, sobre as tábuas de madeira branca, e nada mais. Uma alegre animação, peles bronzeadas, sorrisos em nossa direção e, como acontece com frequência... tentativas de conversa, sempre sem resultados! Rapidamente feita a frugal refeição, assistimos de pé ao desfile dos frades, todos nos dizem alguma coisa, muitos pegam nossas mãos e as beijam.

Aqui é o convento dos monges trabalhadores de Karacalou! Sua hospitalidade frugal é para nós como uma bênção. Boa gente de Karacalou! Acrescento a essa lembrança a de meu quarto completamente caiado de branco, onde, num largo banco de madeira eu deitava enrolado no mais maravilhoso tapete bósnio ou valáquio, fanfarra de cores. Da janela encarapitada no fundo de uma reentrância na parede, vi por três vezes, na aurora, abrir-se o dia num espaço sem limites, enquanto ao pé dos muros as oliveiras pareciam minúsculos musgos na terra.

Incapacidade tenaz de fixar por escrito impressões que trechos de terras, prumos de rochas vermelhas, camadas de mar fizeram gemer no profundo do ser sem abrir-lhe a porta do dia! Mulas

Mosteiro Agiou Dionísio, Monte Atos.

brincalhonas e obscenas levam-nos às vezes a passear, balançando o traseiro, no flanco de praias rígidas assaltadas pelas ondas. A conquista radiante de um sol branco perturba o sentido das cores. Um ou dois monges, eremitas no seu *skite*, inclinam-se, negros, peludos e hirsutos, com um sorriso bom ou apalermado, as mãos em cruz, na soleira de um casebre de pedras secas que, aliás, raramente se vê. O convento de Prodomos, do "Precursor", desaparece enquanto prosseguimos, sacudidos sobre selas selvagens, em meio a árvores áridas, torcidas e ásperas, no alto junto à costa; o mar parece, em sua aprumada imobilidade, um nível de pedreiro, e com sua horizontal acompanhamos horizontes que não existem: o mar, ainda hoje, não tem nem consistência nem limite... Um barco, casca de noz robusta, escala a onda curta e segue rindo, não longe da costa, paralelamente; cordas, uma vela, três rapazes, e o apoio, à direita, da terra do Atos, infinitamente erguida e piramidal, de mármore até seu cume. Ameias e imensos muros, selvagem cidadela, convento para servos da Virgem! Gente que esconde zelosamente sua preguiça piedosa, tesouros enviados para cá, como devota oferenda, por trabalhadores da sede metropolitana de uma Grécia ortodoxa e decadente, ou de uma Sérvia selvagem votada ao culto da cruz de braços iguais. Seixos, uma enseada; uma amoreira cingida de pedras em tiara, numa elevação, ensanguenta a areia ao redor com frutos tão maduros que eles caem, esparramando-se. Um pórtico alcançado muito lentamente, suas barras enfileiradas, um pátio com uma igreja de uma ortodoxia restaurada e um telhado de chapa metálica, corredores glaciais, imensas salas nuas para os hóspedes, a visita do chefe dos sacerdotes, sua mesa, as comidas – a doença, o ventre atormentado, as dores, a prostração, a inércia; a biblioteca vista entre duas crispações dos intestinos... mulas brincalhonas que voltam a galopar e levantam a orelha, curiosas e empanturradas de aveia.

"A frota de Xerxes aniquilou-se ao pé desta imensa rocha", cuja terrível profundidade e o negro espantoso de um mar sem fundo avaliamos do alto, trêmulos. Avante, valentes recuperadores de tesouros! Toda a frota de Xerxes, o conquistador, cansa-se de esperar debaixo de uns dois mil metros d'água. Rochas vermelhas e muito retas. A grama pisada por nossas mulas detém-se bruscamente ante a sua queda vertical e imensa como uma flauta gigantesca de um mundo délfico. Percebe-se a catástrofe, inevitável; não imagino, mesmo sob o céu de hoje tão loucamente esplendoroso, uma chalupa aventurando-se no óleo azul ao pé profundo deste paredão: ela teria medo.

Deuses! Vejam a tempestade e seu ataque insensato, seu esguicho maravilhoso, seu titânico arquejo! E eis ali a frota de Xerxes, suas âncoras esquadrinhando perdidamente fundos que zombam delas, arrastada ao flanco desta fúria e batendo com a testa contra a rocha; as madeiras rompidas, o quebra-mar seco, os homens esmagados, a descida oblíqua dos guerreiros persas às profundezas verdes, de olhos fechados e boca aberta – sua chegada à areia jamais removida das grandes profundidades, visitantes inesperados dessas regiões serenas. No alto, o céu cuspindo, esguichando água, o ruído indescritível de um mar em delírio, seu choque inimaginável contra o enorme paredão vermelho – em cujo topo nossas mulas nos carregam, trotando e tramando alguma farsa.

Salamandras nos esperam ao chegarmos ao pátio do grande *skite*: os monges acudiram: "*Franzuski*", dissemos. "Ah, *Franzuski*!" Mãos cruzadas sobre o peito, solicitude, alegria nos rostos. Esses homens são ativos ermitões recém-chegados da estepe russa; e a França é o país da Aliança. "*Franzuski*, ah, *Franzuski*!" A mesa é servida com tomates vermelhos e vinhos superabundantes; os costumeiros *mastics* foram bebidos, e eis-nos transportados sobre o asno de Baco. Anoitece, o céu cheio de estrelas, o mar ocupando toda a abertura das janelas, liso, acariciante. Mais uma garrafa de vinho. Como em tantas noites, como em todas as noites do Atos, o vinho cálido e hospitaleiro embaralha nossas mentes e tudo sorri; o mal-estar retrocede... por esta noite! Conhecemo-lo, e também as angustiantes corridas nos corredores escuros até... Ah! o Atos abre a porta de seus conventos! O Atos vibra, em seus *skites*, com os monges trabalhadores, e a alegre hospitalidade faz bem ao coração! O vinho do Atos alegra minha lembrança esta noite!

O dolente findar de um dia dedicado a amargas, a irremissíveis pequenas descobertas, mostrando os tristes efeitos de viver numa pequena cidade, inclina-me a uma reminiscência vaga e doce, de melancólica incerteza, de radioso mal-estar. Uma hora atrás, nas dobras abertas de uma boca cheia de alegria, julguei reconhecer, no entanto, como que o choro longínquo de uma solidão não confessada, e entre nós dois, que nos afastávamos um do outro, enunciar-se o desejo de um impulso – vindo talvez de mim apenas – a uma simples mas ardente carícia, alegria que minha idade e minha solidão reclamam – às vezes – quando um brilho, um sorriso ou um sol, uma inefável música ou a doçura do ar e das estações dispõem o corpo, com seu coração devotado, a um testemunho amistoso da mais efetiva simpatia... As horas do Oriente, na sua claridade solar das quatro da tarde, no ventre aquecido do céu branco, extenuavam minhas alegrias, afogando-as de saudades. O apelo ressoa no mais profundo do corpo solicitado, e os sinais inquietantes da paisagem, que esta noite evoco em lembrança, apertavam meu peito e agitavam meu espírito. Felizmente, uma luz ofuscante afastava toda angústia de pesadelo. No topo realmente agudo da pirâmide do Atos, sentia-se ao redor a inapreensível distância. E se, para retomar pé, púnhamos os olhos no fundo das valvas acolchoadas de luz formadas pelos contrafortes nascidos do mar, oferecia-se a imagem totalmente desconhecida de um contorno de terra solto no éter. Pois o mar, trepidante de luz branca, escapa à busca do olhar e sua fuga abre aquele vazio estranho que se percebe num certo pesadelo consciente, quando, ao fixar uma medida, aventuramo-nos a querer conceber nosso mundo girando no éter e traçando sua rota em meio aos espaços infinitos. Assim, no topo da pirâmide do Atos, seu traço sobre o mar ao redor, exceto num istmo a oeste, enunciava-se como o de um corpo caído numa imensidão luminosa. Na realidade, estamos na entrada de uma pequena capela votiva, mas isso não me causa nenhuma emoção. No entanto, situada no ponto culminante da terra da Virgem, ela deve ser, para alguns peregrinos que chegam até aqui, como o pão ázimo de uma comunhão inefável. Entendo que aquele que, após semanas de mar, após dias passados de convento a *skite* e de *skite* a convento para chegar ao mais próximo do cume, que é o de São Jorge, após ter escalado sobre uma mula, acompanhado de um guia e durante horas, uma natureza selvagem e desabitada até um refúgio na base do pedregal de mármore, após ter amarrado sua mula junto a um poço, deixada aos cuidados do guia discreto, e após empreender sozinho a última escalada do monte, o último trecho de mármore e, numa última pernada, atingir a plataforma superior onde o infinito se abre, entendo que esse peregrino que veio encontrar sua Virgem deva cair em pranto, arrasado na contemplação. Avalio então o significado desse aparato muito simples de um altar em adobe branco, de um ícone monocromático, de uma pequena lamparina que o próprio peregrino realimenta com o garrafão colocado perto, se durante muito tempo a capela permaneceu sem culto.

Realmente, tão longe no mar, tão alto no céu e no caminho de Jerusalém, atingiu-se um santuário – último como o são as notas extremas de uma sinfonia moderna. E a fé católica, estufa aquecida de misticismo, transporta esse crente às beatitudes.

Quanto a mim, movido à ação pela voz imperativa do construtor que sonha amalgamar em fortes cadências o ferro e o concreto armado, alegra-me saber que neste monte, outrora, um Zeus de bronze se alçou. As trirremes brincalhonas saltavam sobre a água ao toque dos remos, e o piloto e os mercadores, os guerreiros e os conquistadores olhavam despontar ao longe, com um sentimento de robusto orgulho, a grande pirâmide do Atos com seu deus macho sentado, enquanto a torrente de imprecações dos escravos curvados dava uma grandeza mais impassível ao mar alegre onde os saltos dos golfinhos reluzentes pareciam tecer a rede que une a quilha na superfície d'água às profundezas verde-azuladas.

Entre essa visão robusta dos tempos da epopeia e a imperturbável latência das raças do Islã, estendida por todas as terras castanhas ao redor, essa ortodoxa presença de uma vida monacal, desse bizantinismo esvaziado até um vácuo sem ressonância, me afeta.

Tornamos a descer: primeiro os dois mil metros de mármore, depois o calcário castanho, nos reconduzem às águas, passando pelo *skite* de São Jorge e o de Santa Ana, até o glacial convento de São Paulo, não longe daquela enseada pedregosa onde uma amoreira deixa escorrer seus frutos muito maduros. Eu gostaria de deixar a ilha! Mas é preciso esperar oito dias até que um barco passe novamente por estas águas inativas.

Tendo transposto o cume da esfingética montanha, numa manhã radiosa, e descendo a Russikon, nossas mulas levaram-nos por ásperos caminhos de vinhas. Um plátano elevou-se à esquerda, solitário nesses vinhedos e como uma interpelação. Sozinho, ele falou da Pérsia. Sua estrutura – seu tronco liso – é cinza como um mármore negro lavado de chuvas, seus ramos mais grossos abertos como raios, os menores curvados como as gotas de um chafariz; e suas folhas, não compactas, mas dispersas como nas miniaturas: uma folha, uma outra a seguir, até que a grande mão aberta que é a árvore tenha seus dedos repletos de uma graciosa ourivesaria de esmeraldas; este ser solitário erigido aqui, desde as raízes sobre um fundo de mar, vibra com um som longínquo, poético e difuso, enunciado com a graça narrativa de um outro Oriente que não este, no ar dourado como as ondas polvilhadas de laca, numa terra rosada como em corais delicadamente pintados, no meio de vinhas azuis e de um céu que atravessa as folhas gráceis, bem mais doce e mais terno, como num sonho...

De fora, somente os adros pareciam ter a escala humana; obstruindo o céu, as saliências das construções, dos contrafortes acrescentados, a parte posterior dos arcos triunfais e a cúpula formavam, vistos de perto, um aglomerado assustador. Mas o nártex[53] obscuro, tão logo atravessado o pórtico, exaltava a lembrança da época dos grandes construtores, nem tanto por seus mármores e pelo brilho dos mosaicos, mas pelo simples e forte vão de sua abóbada côncava de sarcófago. E a porta, no eixo dessa penumbra, abria-nos de repente aos esplendores luminosos da imensa nave. Louco cavalgamento de espaço, colossal inchaço de vazio habitável, elevando os arcos, com seus quatro pendentes estruturais, para além da irradiação horizontal das infinitas janelas em coroa da abóbada, esse solene regaço. Duas coisas: o plano da nave, fórum imenso – e o bulbo oco em louca extensão, clamando o milagre, clamando a obra-prima dos homens: Isidoro de Mileto e Antêmio de Trales que, no ano 500, quase sem precedente, inventaram, para realizar seu sonho, esses procedimentos construtivos e esses órgãos de suporte.

Após esse cântico imperial, o mundo do Oriente calou-se por séculos; e a alma bizantina, perpetuada até os nossos dias por um estranho fenômeno de vitalidade coralina, ossificou-se sob as formas de santuários, *paraclés, metropolites* – diminutivos de igrejas –, aquelas que cada convento do Atos encerra com seu quadrilátero de construções. Santa Sofia de Constantinopla é a ponta do Serralho, entre o Mármara e o Chifre de Ouro, assim como o é na Calcídica[54] a pirâmide do Atos: um monte.

A alma monástica do Atos, os eremitas, os frades superiores imaginaram a visão de uma cripta, engastaram o ouro mórbido de suas contemplações na abóbada de concha estreita e penumbrosa, sombreada de ícones, de um santuário. Mas, apesar do volume diminuto, essa arquitetura arranca-me a admiração, e passei horas a soletrar sua firme e dogmática linguagem.

A Grande Rota da Ásia, dirigida então a Siracusa, ao Périgord, à Espanha, a Veneza e a Aix-la-Chapelle, passou por aqui, trazendo suas combinações geométricas, seu aparato interior e sua veste de burel lançada sobre o exterior. Eu sentia com intensidade esta única e nobre tarefa do arquiteto, que é abrir à alma campos de poesia, dispondo com probidade os materiais a fim de torná-los úteis; dar à Mãe de Deus, aqui, uma casa de pedra protegida dos danos seculares, e situar os volumes desse espaço de tal maneira que um espírito emane deles, impondo, por uma misteriosa relação das formas e das cores, o respeito a cada um, o silêncio às bocas, e suscitando apenas, no ritmo das luzes reservadas, o movimento das preces e dos lábios nos cânticos. Santa vocação dos antigos construtores! Pureza perdida de suas intenções, de seus esforços. Disciplina que desconhecemos, nós, os esbanjadores de hoje. Meu Deus! Como era doloroso, nesses templos do Oriente, o entusiasmo que nos possuía! E como, refletindo, eu me sentia envergonhado! Mas as horas passadas nos silenciosos santuários inspiravam-me uma coragem juvenil e o desejo leal de ser um construtor honesto. Visitante que passa sob as abóbadas dos templos: se não é construtor, não pode compreender essas angústias diante dos imperiosos veredictos das pedras! Estamos numa época muito pobre de escrupulosos artesãos, e o céu é clemente ao nos evitar o encontro com nossos predecessores: eles nos olhariam com espanto, depois despejariam sua cólera sobre nós e teríamos que fugir.

A lembrança sempre presente de seu labor me enche de uma pungente inquietude e me faz temer a ordem pela qual, em nossos desenhos, a obra atualmente se erige...

A igreja do Atos é uma fórmula lapidar comparável ao broto da árvore que, muito pequeno, antes das quentes chuvas da primavera, contém sob seu escudo reluzente e firme todos os tesouros do verão (a flor), do outono (o fruto) e do inverno (a lenta e obscura germinação). Há uma cúpula pequena – quatro metros em geral – e colocada de tal forma que, do vasto exterior sempre acossado pelas brisas do mar, pela vista deste, pela presença do monte, quando se atravessou o nártex e parecendo então um pronau,[55] ela dá impressão de ser grande e suficiente, forte, alta, como um bulbo oco visto no tubo de um binóculo, pois o tambor,[56] espantosamente elevado, evoca imediatamente essa ideia. Sustentada por quatro pendentes, por quatro arcos largos e lisos, ela atinge o solo através de quatro simples fustes, em geral monolíticos, redondos e elegantes, coroados por um capitel trapezoidal. Antecipando-se ao espírito, o olho passou do muito obscuro pronau – onde abóbadas em semicírculo, interpenetrando-se, alçam-se às vezes subitamente, à direita e à esquerda, de um tambor de cúpula – às paredes lisas do quadrilátero terminal, nessa câmara de superfície rígida luxuosamente pavimentada de um mosaico de mármores, e aos quatro fustes portadores da abóbada, numa atmosfera de prata obscurecida pela presença inumerável de afrescos ornamentais, nimbados de ouro apagado, tecidos de ocre, azul ultramar, verde, cobalto, e narradores de fortes lendas. Tanto no plano como em corte, a construção se lê de uma só vez, a massa portante e a massa portada, paredes tensas como músculos e bulbos devotados à curva. E a poderosa unidade de uma linguagem tão sóbria confere à impressão o valor do diamante. É firme e duro, cristalização de uma clareza helênica estranhamente combinada às indefiníveis evocações asiáticas.

Eis aqui lembranças de pinturas decifradas na noite das paredes e, em sua maior parte, apreciadas posteriormente, depois de diluir-se no tempo o decepcionante reconhecimento de infames retoques, depois que a alma dessas coisas, separada da veste maculada, retomou sua majestosa religiosidade.

Numa aparição rosa, no espaço entre dois vãos, ergue-se, juvenil e cândido, o príncipe de um país – visão sérvia ou búlgara. – Sua atitude é de contenção, as duas pontas dos pés juntas, hesitantes e desejosas de não avançar. Sobre o fundo negro do afresco, seus dois braços lançados à frente oferecem a maquete de um santuário – a imagem mesma desta igreja, toda pintada de vermelho com cúpulas azuis. Essa oferenda real é feita a um velho, cinco vezes maior que ele, cabeludo e barbudo, o chefe do convento, vestido de burel negro, e tão obscuro que somente a cabeça, dolorosamente enrugada e inclinada, e as mãos estendidas para a oferenda compõem um ritmo com os adornos elegantes do príncipe. Dois santos passam sobre uma nuvem, muito próximos e pequenos, aureolados de cinábrio e ouro. Um príncipe croata, no dia da subida ao trono, e para obter os favores do Céu, terá mandado construir na terra do Atos esse santuário no qual, à direita do pórtico, tal imagem dedicatória devia ser pintada.

Tenho a lembrança, no convento de Lavra, de um inferno assustador, cobrindo com sua erupção de fogo a parede da esquerda.

Mosteiro de Lavra, Monte Atos.

Ondas fulgurantes, saídas de uma boca atroz e formidável cheia de dentes e expelidas pelas narinas, sobem como um mar de ocre vermelho, desabando e alastrando-se, matéria infernal em torrente vingadora, descrevendo uma espiral de pesadelo numa atmosfera enegrecida. Muitos seres da nossa espécie, nus e clamando de angústia, testemunham calamidades futuras do inferno, onde os "réprobos serão assados".

Mas, no Filotéon, não mais essa visão medieval: é uma Peri* hindu sentada sobre uma criatura de sonho, dragão, hipogrifo. Um gesto do dedo, na vertical, impõe silêncio à besta furiosa, numa ascensão vertical... Ah, não! Bem ao lado, acredito lembrar-me de um desastre infernal: a besta horrorosa de várias cabeças, babando, cai no seio dos espaços, com as garras desesperadamente abertas para se agarrar, e a Peri também cai, com os braços estendidos. Será uma sugestão apocalíptica pintada em afresco por um homem de sangue sassânida que levou até o santuário cristão as nostalgias dolorosas dos mitos asiáticos?

Como um brocado, todas as paredes estão cobertas desde o peristilo, o pronau, até o santuário. As imagens sobem às arquitraves e às arcadas, aos tambores nas cúpulas. Ali todos os dogmas estão inscritos, e as lendas, e as ações úteis do homem; também ex-votos e atos de fé, tudo provavelmente numa ordem desejada e simbólica, cada cena ocupando seu lugar hierárquico e, além disso, cada tema e cada figura sendo pintados num tamanho e numa escala ditados por alguma forte ou sutil significação.

* Gênio benfeitor, mas caprichoso, entre os orientais.

A estatuária, banida pelas proscrições iconoclastas, abandonou totalmente o local. E essa suntuosa e um tanto caótica miscelânea apoderou-se de tal modo das paredes que somente a linguagem autoritária das grandes formas arquitetônicas e o abandono de toda modenatura[57] permitem às igrejas do Atos continuar sendo belas e fortes.

Acrescente-se que uma iconóstase cintila em seus ouros, entre o pavimento de mármore e o arco triunfal, escondendo sob a parede todas as suas lendas da paixão, o segredo da abside, e mantendo-a na solidão.

Mas nós, fatigados, visitantes apressados, muito distraídos, muito pouco científicos, não soubemos fazer o estudo desses inestimáveis museus da pintura bizantina. Pior ainda, praguejamos muitas vezes contra restaurações malfeitas e viramos as costas ao livro pintado e aberto a nós, cada página do qual merecia a compreensão e o amor. Bibliotecas desorganizadas, bibliotecários que ignoram mesmo o que está à disposição (maravilhosos documentos), a impossibilidade de nos fazermos compreender, a doença que nos tirava a energia – tantas coisas fizeram-nos deixar o Atos com demasiada precipitação. E sei perfeitamente que nunca mais voltarei lá... É preciso estar sentado sozinho num triste quarto de cidade de província, num domingo de chuva desesperante, para sentir com dilaceramento quanto de felicidade se deixou passar! A lembrança mais aguda veste-se de púrpura, rosa e azul ultramar, porta-coroa cintilante e casula de ouro, e o espírito, peregrino penitente, atravessa terras e mares em busca de um santuário estranhamente preciso para reencontrar quase intactas as emoções vividas.

Neste momento, porém, tenho um testemunho em minha mesa: a cópia rabiscada de uma miniatura de alguns centímetros quadrados, feita na manhã de nossa partida do Atos, na biblioteca do convento Russikon. Em seu campo menor que a palma da mão, o infinito de uma planície perdidamente verde – daquele verde malaquita que precede a tempestade, visto num fim de tarde em Ravena ao voltar de Santo Apolinário in Classe – conseguiu introduzir-se sob um céu de ouro, o céu imenso e liso dos ícones. E uma mulher vestida de burel negro, ajoelhada em oração, mas muito curvada, arcaicamente suplicante, deixa ouvir um grito de abandono. A nuvem escura está no ângulo da miniatura, e alguns ramos floridos inclinam-se como a mulher, com a mesma veemência de rajada de vento. Estranha força de uma imagem malfeita, mas tão pequena que, justamente, resta o lugar inteiro para a imaginação, e não podemos deixar de felicitar o pintor ingênuo por ter, há cerca de mil anos, sabido reunir esses três tons eloquentes e criar a unitária vontade desse gesto. Um drama da alma reina nessa imagem.

Já que aqui se erige a força, mais impressionante ainda é o grande ícone do refeitório de Iviron, que me volta à lembrança. Esse refeitório era uma imensa abóbada de pedra, concreção completamente romana. Arcos de intradorso,[58] ritmando a abóbada e equilibrando a força das pedras. Paredes caiadas de branco e piso lajeado. Mesas feitas de enormes e espessas chapas de mármore branco. E cada passo ressoava com solenidade nesse lugar, tão branco que os popes negros se retiravam dali não como um volume, mas como uma mancha, quase um buraco. Na abside terminal estava o grande ícone, alto na parede, enquadrado de preto.

O ouro do fundo é velho. É uma Virgem, mais poderosa que a de Cimabue.

Colocada desse modo, creio que uma pintura é toda eloquência, não tendo de modo algum o espírito monástico das igrejinhas ornamentadas de afrescos, das celas de convento cuja porta dá para o fosso, sob uma grade de ferro diante da ponte levadiça, templo de homens curvados sobre si mesmos, que renunciaram a toda conquista, encerrados em sua ilha que não ousam mais deixar.

Oh! como esses santuários eram fechados!

E Santa Sofia me agrada por ser dos turcos inumeráveis, conquistada, parece-me, num entardecer de ouro, num entardecer de apoteose sangrenta, por Maomé, o Conquistador, que lá deixou, no imenso vaso glorioso das transparências de ouro e esmaltes, o sopro das grandes épocas, a grande música das terras e dos mares subjugados.

Contemplação doentia...

Numa noite de festa...

Visão fantástica do santuário da Virgem...

Na obscura abside atrás da iconóstase.

A iconóstase flamejava de maravilhosos ouros acesos, depois de um ano de escuridão, pela tocha fulgurante das oferendas erguidas no coro.

A tocha em forma de árvore conífera, hordas sobrepostas de círios flamejantes e gotejantes, empalados a cada segundo pelo sacerdote oficiante, à prece de um peregrino que chegou até aqui através da noite. Círios de cera virgem, dourada. E o ulular, e o grito, e o clamor, o arquejo, e a melopeia, a agonizante melodia da frase litúrgica. E a cadência, o *scherzo*, e a marcha em fuga dessa frase. E a sinuosa e aguda intercessão da mesma frase subjugada. E a busca nas cabeças transtornadas dos que estão aqui; sua elevação para além da sarça ardente e da ardente nuvem de incenso, para além da estreita e tão profunda cúpula, através das glaciais e límpidas zonas estreladas, rumo a uma longínqua morada...

E então me sinto de repente com as têmporas apertadas e os joelhos doloridos, vendo de muito alto, mas em seu invólucro exterior, o santuário da Virgem no Atos, em Iviron, o convento dos Iberos, à beira-mar, em plena noite avançada.

Invólucro rosado como o ferro no mais intenso aquecimento. E inchado ali, macio, na base do mundo, na borda plana do mar, com a graça de suas formas ovoides irradiadas de claridade, como uma urna egípcia de alabastro na qual ardesse uma lamparina.

Urna singularmente guardiã, esta noite, dos mais místicos abandonos, das doações mais completas, arrancadas do corpo de carne e oferecidas em dolorosas e sangrentas oblações, ao Mais-Além, ao Outro, a Quem, a Qualquer Outro que não seja si mesmo.

Frenesi comunicativo dessa hora e desse lugar. No transtorno de segundos em que ninguém mais se domina, a sensação pungente de sentir-se *inteiramente* só, numa cripta votada à mais ardente presença de uma divindade suplicada, nos abre o peito, nos embasbaca a alma, nos arranca o coração e o atira, palpitando, à árvore inflamada pelo óbolo dos peregrinos, cuja forma tem assim a imagem das preces que eles fazem.

Pareceu-me que toda a imensidão dos ares, das nuvens, dos espaços incomensuráveis em altura e extensão, era negra e privada de claridade. E que, participando da vida numa morada no limbo, eu sentia vir de muito longe, e chegando até ali, a comoção do rito sagrado!

Na borda plana do mar obscuro, areias e águas abraçadas, as conchas de alabastro iluminadas – cinco pequenas conchas, cinco pequenas cúpulas –, e também pequenas absides, e a união dos arcos de intradorso, e o pórtico em semicírculo recortado de penetrações cilíndricas, tudo animado pela multidão de gente entrando e saindo no adro, sentada à mesa dos refeitórios; e as quatro asas na penumbra do convento de Iviron fechadas em torno do santuário, e suas fachadas exteriores voltadas para a noite – três para o mar, uma para a montanha.

De pé, no coro onde o frade Crisantos nos colocara, suportamos durante horas o desenrolar contínuo e semelhante da cerimônia. Crisantos estava à nossa esquerda e pôs-se a cantar.

É uma fadiga louca que alucina. Imaginem: durante a tarde toda descemos a montanha, sob um calor doloroso, e, esfomeados, tivemos de explicar nosso retorno ao convento do qual nos afastáramos seis dias antes: "Viemos para a festa da Virgem, viemos pela música e pelos ritos, para vibrar com vocês, pela simpatia que temos por vocês." Crisantos, ingênuo, não pensando que estávamos mortos de fome, nos levou amistosamente à igreja, nos abriu a passagem na noite densa e pesada dos peregrinos amontoados, e nos deu os lugares de visitantes privilegiados, no transepto, na fornalha de incenso, diante do bispo, e à beira do grande vazio dominado pela iconóstase e onde arde a árvore dos círios... já que tínhamos vindo por causa da música, dos ritos. Passara a meia-noite, exaltando os espíritos. De pé, no coro, estávamos minados de cansaço. Às duas da madrugada, tudo chegava ao extremo, os pobres velhos ajoelhados, sonolentos, encolhidos. Morríamos de fome nesse lugar muito próximo do altar e à espera de que aquilo acabasse. O suplício da música exacerbara-se e eu vagava por minha pobre existência, revivendo fugazmente horas esquecidas, pensando em todas as terras cobertas de noite que me separavam de um teto onde dormem amigos, onde repousam os meus! Mas, enquanto tudo dorme, como morto, que diabólico frenesi místico é esse que arqueja sob estas abóbadas, e que uma miragem me fez ver há pouco como visão do céu, ali onde as preces devem culminar, em forma de tabernáculo quente e delicado como a urna de alabastro animada pela chama da lamparina?

O bispo de Salonica, que veio expressamente para a cerimônia, está vestido de violeta. Ele presidirá a esse ofício de cripta – visão hindu, visão de eras findas, de raças desaparecidas, de cultos assustadores. Até o amanhecer, o bispo ficará de pé, sem falar nem se mexer, mas com a missão de estar presente como o emissário celeste. O silêncio estabelecido pela sonolência dos que dormem aqui ou dos que foram deitar-se nos cantos do pátio, nas salas atulhadas de bancos, dá aos agitadores que ficaram o sentimento de um grande papel a cumprir: a aurora deve encontrar a igreja ardendo de preces! Os muezins, a gritar do alto de suas torres na luz da tarde, não são nada perto deles; os dervixes de Scutari não tinham um frenesi tão doce, tão agudo: gritos do coração, gritos de feras, plangentes. As têmporas, inchadas, parecem querer explodir, as veias das frontes rubras desenham cordas e cabos nodosos. Os quatro ou cinco que continuam obstinadamente o canto, uniforme, insistente, clamando de paixão, voltam suas faces convulsas para o escuro da cúpula, apoiados no parapeito do coro. Uma paz imensa nos envolve, a nós, os imensamente aflitos; a noite, o mar, o monte – nós, as cúpulas asfixiadas pela fumaça das velas e do incenso, o grande clamor do grito de angustiante apelo. Fechando os olhos, enfim, tenho a visão de um sudário negro, crivado de estrelas douradas. Estou no sudário, mas vazio de estrelas!

Como um boneco, arrastam-me até o refeitório.

A irritação longamente contida faz um esforço, levanta-se e finalmente explode. O espírito fradesco, os muros com ameias, as fortalezas anacrônicas e a criadagem – e também a escória – ou a angélica beleza, e o claustro, e os peregrinos açucarados, adocicados de êxtase, empanturrados, e esses bons, inefáveis frades hospitaleiros de Karacalou, frei "Flor de ouro", tão reservado, tão secretamente interessado em exibir sua real e bela superioridade – Ah! estou farto disso, assim como da doçura dessa natureza inchada de seiva e úmida de alegria, palpitante de parreiras, tudo isso eternamente, todo dia, exposto diante de um mar imutável que traz e torna a trazer peregrinos extáticos e venais!

Não se veem nem mulheres – portanto falta tudo, nesse Oriente do qual a mulher é, mesmo que somente para os olhos, o condimento primordial – nem batalhas, desordens, guerras, mas apenas emboscadas de língua sorrateira, ali, na sala sombria do *protate*,[59] entre os nove *epistates* com caras de hiena ou de Amfortas[60] incuráveis.

Não se veem crianças! Nunca pensei que fosse capaz dessa observação! E sobretudo de ser afetado por ela!

Nem galinhas, nem jumentas, nem pombas.

Todos do sexo masculino, solitários e, quando não roídos de angústia, esvaziados de todo nobre senso marcial. Como chamá-los?

Sob o mal-estar crescente do corpo, o cérebro compila e agrava, calculando. Fazer o quê? Ficar? Não! Fugir, fugir da montanha sagrada e de suas doçuras inquietantes ou, então, como os frades saudáveis de Karacalou, trabalhar como negros nas aveleiras, nos trigais, nos olivais, com as têmperas de tinta nas salas e nos muros. Mas nem isso, pois à noite, também ali, com as mãos pendentes entre as coxas, o olhar que segue a pressão do pensamento volta-se... aos irmãos, oh tormento, triste morada do Atos! E, no entanto, revolta-se em mim o sentimento de gratidão, de afeição, de reconhecimento etc.

Sol implacável, mar lancinante, imutável, cansativo demais.

Oh, lutar, mexer-se, gritar, criar!

Num entorpecimento de tudo, na vaga embriaguez de sentir o espaço ruir, libertar-se; no tumulto de inconscientes projetos, de esperanças espantosas, o barco zarpa, desliza, percorre a água, encara o alto-mar e mergulha, decididamente voltado ao Sul. E nós, deitados de costas entre tantos tipos de gente, vemos sob a lua cheia, ainda escondida atrás, o imenso triedro de mármore, a santa pirâmide dominar-nos e oferecer, para os soletrarmos, seus flancos constelados de fortalezas de negros monges, ameias e muros.

E vemos então elevar-se a incomparável quietude e a trágica latência da alma do Oriente, em lamentos, depois em cantos, em melopeias, em litanias, em gritos da garganta e do nariz. Tudo isso com o acompanhamento de uma estranha, grande e bela guitarra, e na escuta respeitosa de todos esses amantes do canto, que são nossos numerosos e desconhecidos companheiros de viagem. E, nesse barco fretado por essa ou aquela companhia, onde nenhuma classe é distinta, a reduzida tripulação junta-se a nós e escuta. Há os que vão a Jerusalém, há os que fogem de Lods e Kiev. Há persas e caucasianos que vão a Meca. Outros à América, escapando do serviço militar turco – jovens de dezenove anos, em massa. Todos, nesse estranho barco, e nós também que vamos ver a Acrópole, todos são movidos por um sonho, uma aspiração, uma demência.

Entra a noite, negra e suave, nos campos de nossa visão; o Atos desapareceu, mas há tantas estrelas!

O PARTENON

ESTENDEREI SOBRE TODO ESTE RELATO A COR OCRE VERMELHO; pois as terras são isentas de verde e parecem de argila cozida. E cascalhos pretos e cinza ondularão monstruosamente sobre imensas extensões, apenas limitadas por rochas pontiagudas ou contidas pela inclinação abrupta dos montes. E estes entrarão nas águas das numerosas enseadas sem que o mar e os anos tenham suavizado sua áspera estrutura; suas margens se desfazem em franjas nos confins de vastas extensões vermelhas, áridas, desoladas. É assim que se oferecem, de Elêusis a Atenas, os espetáculos que cada passo nos reserva.

O mar sempre presente, pálido ao meio-dia, flamejante ao entardecer, serve de medida à elevação dos montes que barram o horizonte; a paisagem contraída não se beneficia mais do espaço infinito que suavizava as imagens do Atos. A Acrópole – essa rocha – surge solitária no centro de um quadro fechado. À esquerda, mais além do Pireu, quando uma nebulosidade sobe das águas, mal se percebe que o alto-mar está ali e que as frotas entram. O Himeto e o Pentélico, dois morros muito altos, dois grandes anteparos contíguos, colocam-se às nossas costas, orientando o olhar em sentido oposto, para o estuário de pedra, de areia: o Pireu. A Acrópole, cujo topo plano suporta os templos, cativa o interesse como a pérola em sua valva. Recolhe-se do chão a valva por causa da pérola. Os templos são a razão dessa paisagem. Quanta luz!

Num meio-dia, vi trepidar os montes como o ar quente sobre uma bacia de chumbo fundido.

Uma mancha de sombra forma como um buraco. Aqui não se observa nenhuma penumbra. A unidade vermelha da paisagem comunicou-se aos templos. Seus mármores têm um brilho de bronze novo sobre o azul. De perto, são realmente tão vermelhos como uma terracota. Em minha vida, nunca havia sentido a influência de tal monocromia. O corpo, o espírito, o coração se agitam, de repente muito comovidos.

Eis que se confirma a retidão dos templos, a selvageria do lugar, sua estrutura impecável. O espírito forte triunfa. O arauto lúcido toma o bronze e profere uma estridente vociferação. O entablamento, de uma cruel rigidez, esmaga e aterroriza. Somos tomados pelo sentimento de uma fatalidade extra-humana. O Partenon, terrível máquina, tritura e domina; a uma distância de quatro horas de marcha e uma hora de chalupa, de tão longe, ele impõe, solitário, seu cubo diante do mar... E, após semanas de esmagamento nesse sítio brutal, desejei que uma tempestade viesse afogar em suas águas e em seus redemoinhos o bronze contundente dos templos...

Chegada a tempestade, vi através das grossas gotas de chuva a colina ficar branca e o templo cintilar como um diadema sobre o Himeto preto de tinta e o Pentélico varrido pela tromba marítima!

O dia foi quente. O toldo estendido sobre a proa onde estávamos aprisionava o ar. Ficamos conhecendo duas matemáticas

A Acrópole e o Partenon vistos do norte, Atenas.

russas, de físico viril, traços fortes, olhos grandes. Elas gostam de conversar. As horas passam sem leitura nem anotações. O fim da tarde anuncia-se quando o mestre-cuca chega trazendo pratos de pequenos polvos fritos – os polvos de Micenas. Levantamo-nos de nossa prostração, sentamo-nos sobre os cordames. Por uma escada de ferro descemos à cozinha para buscar água, que nós mesmos bombeamos, e tirar de um jarro um excelente vinho da Sicília. O bravo cozinheiro é de Siracusa; declaramos a ele: "*Diavolo, il vino è buono!*". É mais ou menos tudo que sabemos de italiano, mas o homem fica satisfeito. Ao subirmos novamente, passamos perto dos touros amontoados na entrecoberta. São oitocentos, carregados anteontem à meia-noite, em Salonica, sob o luar. Oitocentos touros da Tessália. Chegavam conduzidos entre duas cercas. O guindaste rangia sobre suas articulações, um poderoso gancho descia rapidamente sobre as cabeças. Um nó corredio em volta dos chifres e uma ordem breve; e o gancho subia levando, suspensa pelos chifres, aquela enorme massa de carne, descrevendo uma grande curva; o mecanismo soltava sua carga; como um pote, o touro chegava ao fundo do porão, caía de costas, girando olhos assustados. Sem tempo de recuperar-se, já era empunhado pela argola do focinho e solidamente amarrado. No antro do porão, uma lamparina mal iluminava as silhuetas ágeis de dois ousados vaqueiros.

Tendo o céu cumprido suas metamorfoses, o último brilho de verde extinguiu-se na água. Na faceta propícia de uma onda, uma estrela vem mirar-se. O convés esvaziou-se, somos apenas três ou quatro. Auguste enche regularmente o cachimbo, é a hora da suavidade. Reina uma ternura; retorna a lembrança do Oriente que amo, misturada aos céus dourados dos ícones. Os olhos fixam-se no mesmo horizonte, sempre igual. O adormecimento é completo. Ouve-se um breve conciliábulo de oficiais de bordo, depois o passo monótono do vigia na passarela, muito alto. Através dos vidros da cabine de pilotagem vê-se a roda do timão ser girada sob o esforço de dois homens, único coração que palpita nesta hora em que tudo dorme.

Passei todas as minhas noites no mar a céu aberto, enrolado num tapete multicolorido da Romênia adquirido no convento Prodomos, do Atos. Uma doce litania nos embalava, a das ondas separadas pela proa em sua fricção molhada ao longo da carena vibrante com o esforço das hélices... Ruídos de vai e vem perturbaram o final dessa noite. Antes da aurora penetramos entre as terras. Silencioso, paciente, o grande barco trabalhou sem descanso durante dois dias. A terra da Eubeia está a estibordo, longa cumeada obscura. Trocamos, Auguste e eu, frases em voz baixa e sentimos uma real emoção em pensar que naquele dia teremos visto os mármores imortais.

A proa girou longamente ao movimento do timão. Exceto às nossas costas, cercam-nos terras onde o mar se introduz. Eis a Ática e o Peloponeso. O farol branco e, muito próximo, um porto; montes singularmente nervosos, pouco parecidos com os de Brousse e atrás de Scutari, na Turquia. O mar está deserto; a esta hora da manhã, nenhuma das inúmeras chalupas carregadas de melões, tomates e legumes, dirigindo-se à cidade, como em Constantinopla, com a pressa de grandes besouros. Este país moreno parece um deserto. No eixo do porto, muito ao longe, no regaço de montes que formam um arco, um rochedo destaca-se estranhamente, achatado no topo e tendo à direita um cubo amarelo. O Partenon e a Acrópole!... Mas não podemos acreditar; nem sequer pensamos nisso, não nos detemos. Estamos desorientados; o barco não penetra no porto, continua sua marcha.

O rochedo simbólico desaparece, oculto por um promontório. O mar é extremamente comprimido. Contornamos uma ilha. Droga! Dez, vinte navios estão ancorados ali portando a bandeira amarela! A bandeira do cólera, a de Kavas, no Mar Negro, de Tusla, no Mármara. A que já conhecemos, em todo caso! A hélice cala-se subitamente, as âncoras são baixadas. Paramos. A bandeira amarela é içada. Estupor! Rebuliço, inquietude geral. O capitão agita-se, faz-se violento, grita, insulta: as chalupas estão no mar. Adiante, passageiros de Atenas! Confusão. Cestos e caixas, homens e mulheres descem pelas escadas. Quantos gritos, insultos, vociferações, e em todas as línguas! Num pequeno molhe para onde nos conduzem os remadores está um senhor de boné branco, obsequioso com os ricos, brutal e grosseiro com os pobres: um funcionário, um burocrata! Barreiras gradeadas separam as barracas do acampamento... A quarentena!

Uma quarentena infecta numa ilha desolada, grande como uma praça pública. Uma quarentena estúpida, administrada contra todas as leis do bom-senso: um foco de cólera, essa quarentena. Aqui funcionários, ali vadios, gente desonesta; uma vergonha para o governo grego que instaura isso. Somos retidos por quatro dias, tendo que dormir com desconhecidos, entre a imundície e as lacrainhas, debaixo de um céu de fogo, sem que uma única árvore nessa ilha dos diabos atenuasse seus rigores. Um restaurante – título pomposo –, lugar de vigarice, onde os que patrocinam esse caso, um deputado, ao que parece, vendem caro o litro d'água e obrigam a comer sujeira a preços escandalosos. Ah, como se arranjaram os pobres, aqueles para quem um dracma é uma fortuna?*

Era a ilha de São Jorge, baía de Salamina, diante de Elêusis... Ó passado, esmaga esta época vil! Lugares épicos vilipendiados por descendentes fantoches, eis como vos conhecemos pela primeira vez. E nossas queixas, consignadas no livro de viajantes desta ilha, acharam-se em unânime companhia. Unânime, não: um patriotismo cego e estreito anotava à margem de nossas recriminações louvores ditirâmbicos e gaiatos, assinados Papapoulos, Danopoulos, Nikolesteos, Phytanopoulos etc., suficientes para assegurar aos administradores dessa infâmia a imunidade e, quem sabe, a recompensa honorífica.

Uma febre agitava-me o coração. Chegáramos a Atenas às onze da manhã, mas inventei mil pretextos para não ir até "lá no alto" em seguida. Expliquei enfim a meu bom amigo Auguste que não subiria com ele. Que estava muito ansioso, numa excitação extrema, e que ele consentisse em deixar-me só. Bebi café a tarde toda e me absorvi na leitura de uma volumosa correspondência encontrada no correio e que remontava a cinco semanas. Depois percorri as ruas esperando que o sol baixasse, desejoso de terminar o dia "lá no alto", para depois, tornando a descer, não me restar senão dormir.

* O dracma valia um franco. Para informação: após cinco meses de viagem naquele momento, de Praga a Atenas, eu havia gastado 800 francos (de 1911), incluindo os petrechos de minha máquina fotográfica.

Vista da fachada oeste da Acrópole, Atenas.

Ver a Acrópole é um sonho que se acalenta* mesmo sem ter a esperança de realizá-lo. Não sei bem por que essa colina contém a essência do pensamento antigo. Sei avaliar a perfeição de seus templos e reconhecer que em nenhum outro lugar são tão extraordinários; e por muito tempo aceitei que está aqui como que o padrão sagrado, a base de toda a medida da arte. Por que essa arquitetura e não uma outra? Admito que a lógica explique que tudo se resolveu aqui segundo a mais insuperável fórmula; mas o gosto, mas o coração sobretudo, que conduz os povos e dita seu credo, por que, apesar do desejo de às vezes subtrair-se a ele, nos traz de volta, por que o trazemos de volta aqui, na Acrópole, ao pé dos templos? Para mim é um problema inexplicável. Quantas vezes já todo o meu ser sentiu um entusiasmo absoluto pelas obras de outras raças, de outros períodos, de outras latitudes! Mas por que, depois de tantos outros, devo designá-lo como o Mestre incontestável, o Partenon, quando ele surge de sua base de pedra, e inclinar-me, mesmo com cólera, diante de sua supremacia?

E essa certeza já pressentida, quando eu concedia sem reserva ao Islã todas as minhas forças admirativas, haveria de exprimir-se essa tarde formidavelmente com a força das trombetas, de cem bocas que, ao soprarem, determinam um clamor, com o ruído mesmo das cataratas. No entanto, lembrando que Istambul, da qual tanto havia esperado, só me entregou seu segredo após vinte dias de desejo e de trabalho, eu trazia comigo, ao atravessar os propileus,[61] o ceticismo deliberado de quem julga inevitável a mais amarga desilusão...

* Estamos em 1911.

Com a violência do combate, sua aparição gigantesca deixou-me pasmo. O peristilo da colina sagrada era transposto e, sozinho e categórico, com o jato único de seus fustes bronzeados, o Partenon alçava o entablamento, essa fronte de pedra. Degraus de bancada, embaixo, serviam de suporte e o elevavam com suas vinte repetições. Nada existia a não ser o templo e o céu, e o piso das lajes atormentadas por séculos de depredações. E nada da vida exterior manifestava-se aqui; presentes apenas o Pentélico ao longe, provedor dessas pedras, trazendo em seu flanco a marmórea ferida, e o Himeto colorido da mais opulenta púrpura.

Tendo escalado os degraus muito altos, não talhados na escala humana, entre o quarto e o quinto fuste canelado, entrei no templo pelo eixo. E ao voltar-me de repente abarquei, desse lugar outrora reservado aos deuses e ao sacerdote, todo o mar e o Peloponeso; mar flamejante, montes já obscuros, em breve mordidos pelo disco do sol. A verticalidade da colina e a sobre-elevação do templo acima das lajes dos propileus furtam da percepção todo vestígio de vida moderna e, de um só golpe, dois mil anos são abolidos, uma poesia áspera apodera-se de nós; com a cabeça enterrada nas mãos, arriados num dos degraus do tempo, sentimos o abalo brutal e ficamos vibrando.

O sol poente atingirá com seu último dardo essa fronte de métopas[62] e de arquitrave lisa, e, passando entre as colunas que atravessam a porta aberta no fundo do pórtico, esse sol despertaria, se ela não estivesse dispersa há tanto tempo, a sombra escondida da cela[63] privada de sua cobertura. De pé sobre o segundo degrau ao norte do templo, no lugar onde as colunas cessam, eu seguia, no nível das três bancadas, em busca de sua horizontalidade mais além do golfo de Egina. E a meu ombro esquerdo, elevando-se numa extensão formidável, o muro fictício constituído pela repetição das caneluras vivas dos fustes adquiria a força de uma imensa blindagem de aço, e as "gotas" dos mútulos[64] evocavam seus rebites.

É na hora em que o sol toca o chão que um apito estridente expulsa o visitante, e os quatro ou cinco* que fazem a peregrinação de Atenas voltam a cruzar a soleira branca dos propileus, depois uma das três portas; detendo-se impressionados, antes de começar a escada, eles medem a seus pés como que um abismo de penumbra e, encolhendo os ombros, sentem cintilar, inapreensível no mar, um passado espectral, uma presença inelutável.

O Templo da Vitória Áptera, vigiando no alto de um pedestal de vinte metros de pedra emparelhada, domina à esquerda o nível alaranjado do mar e desenha em perfil no céu flamejante o fuste de ângulo jônico de seu pronau. Pedras lindamente trabalhadas, dedicadas à Vitória.

Resta, para acalmar a febre, um crepúsculo delicioso e o longo passeio pelas avenidas da cidade tão alegre e límpida, na companhia de um bom amigo que, nessa primeira noite, respeitará, com seu próprio sentimento, o tácito contrato de silêncio e o apaziguamento que invade.

Do alto da colina, o contorno fechado abraça com seus sucessivos patamares os templos e lança ao céu as colunas diversamente comprimidas. No declive do caminho que conduz ao Partenon,

* Era o ano do grande cólera no Oriente e nenhum estrangeiro arriscava-se por lá.

esses patamares talhados na própria rocha opõem uma primeira barreira. Mas eles são dominados pelos grandes degraus de mármore, obstáculo decisivo à escalada do homem. Os sacerdotes saíam da cela e, sob o pórtico, sentiam em suas costas e em seus flancos o regaço dos montes, seu olhar horizontal acima dos propileus ia em direção ao mar e aos montes distantes que ele banha. Na linha média do estuário em cujo fundo se ergue o templo, o sol descreve sua marcha até o crepúsculo; e, nos calores caniculares, seu disco toca o chão, ao anoitecer, no eixo mesmo do templo. A coroa de pedra que limita o platô tem o dom de afastar toda suspeita de vida. O espírito toma posse de si e mergulha, atordoado, numa distância que não deve ser reconstituída. Pois seria belo também que, fora da realidade, esses templos, esse mar, esses montes, toda essa pedra e essa água fossem apenas, por uma hora, o sonho intrépido de um cérebro criador. Que maravilha!

A impressão física é que um sopro mais profundo dilata nosso peito, que uma satisfação nos arremessa à rocha desnuda, desprovida de seu antigo pavimento, e nos lança, entre a alegria e a admiração, do templo de Minerva ao templo de Erecteu, e daí aos propileus. Por baixo desse pórtico vê-se o Partenon, em seu bloco dominador, lançar ao longe sua arquitrave horizontal, e opor a essa paisagem concertada sua fronte como um escudo. Frisos ainda presentes no alto da cela fazem correr ágeis cavaleiros. Vejo-os com meus olhos de míope, lá no alto, tão claramente como se os tocasse, tal é a conformidade entre a medida de seu relevo e a parede que os suporta. As oito colunas obedecem a uma lei unânime, brotam da terra, parecendo não terem sido feitas pelo homem, camada por camada, mas fazendo crer que é do subsolo que sobem; e o emergir violento delas em seu invólucro canelado eleva, a uma altura que o olho não sabe avaliar, a lisa faixa da arquitrave pousada sobre os ábacos. A proliferação austera das métopas e dos tríglifos sob o rebite das gotas do beiral transporta o olhar para mais além do ângulo esquerdo do templo, até a extrema coluna do frontão oposto, fazendo perceber, num todo, o gigantesco prisma de mármore talhado até o alto com a retidão de uma matemática evidente e a nitidez que o mecânico confere a seu trabalho. Mas o frontão ocidental, que marca com seu topo o meio do espaço, afirma – em harmonia com os montes, o mar e o sol – a rigidez da máscara e sua orientação imutável. Acreditei poder comparar esse mármore ao bronze novo, desejando que, independentemente da cor assim assinalada, essa palavra sugerisse o explosivo clamor da massa formidável erguida com a inexorabilidade de um oráculo. Um abismo cada vez maior, diante da inexplicável acuidade dessa ruína, abre-se entre a alma que sente e o espírito que mede.

Presença aceita pelo indomável titã, sorri, a cem passos dali, sobre a base de paredes lisas, em flores de mármore, carne, viva, o templo alegre dos quatro rostos – o de Erecteu.

Sua ordem é jônica – as arquitraves, de Persépolis. Diziam-no de ouro incrustado de pedras preciosas, de marfim e ébano; a Ásia dos santuários, por uma encantadora surpresa, pusera algo de turvo no aço desse olhar, aproveitando-se do sorriso que ele julgara ter. Mas, graças a Deus, os tempos triunfaram, e saúdo a monocromia reconquistada da colina. É preciso assinalar, diante

O Partenon visto da colunata do Propileu, Atenas.

do Partenon descrito, a atitude vertical de seis mulheres vestidas, sustentando o entablamento de pedra onde, pela primeira vez na Ática até então, os dentículos[65] aparecem. Mulheres estranhamente severas, meditativas, porém sorridentes; rígidas, porém trêmulas – talvez a expressão mais concreta, aqui, da insigne amplitude e da insigne predominância. No entanto, o alegre templo dos quatro rostos oferece a cada plano do céu uma proporção diferente. Frisos de lírios-d'água e de acanto, misturados com a palma, elemento sobrenatural, o enfeitam. E os orifícios de fixação, nitidamente visíveis na faixa da arquitrave, provam que vitórias a coroavam em atitude de dançarinas, como sabemos. Certamente esses mármores talhados de altos-relevos cobrem-se de pó em algum museu, que não recordo. Na face norte, dominando a enorme verticalidade da colina, cingida aqui de paredes de pedras do Pireu mescladas com tambores de antigas colunas, não conheço expressão que produza a cândida elegia desse pórtico tetrastilo.[66] Mas, tendo repousado, amo ainda mais retornar em meio aos detritos que cobrem o chão, sob a égide das pedras recentemente reerguidas – nos propileus – soletrar o Partenon.

O dia e as semanas transcorreram nesse sonho e nesse pesadelo, da manhã radiosa, através do meio-dia embriagador, até o crepúsculo, quando de repente o apito dos guardas nos arrancava dali e nos lançava mais além da parede com três grandes portas que dominam nessa hora, como eu disse, uma obscuridade nascente.

É bom que nós, construtores, saibamos isso e o meditemos.

Os templos da Acrópole têm hoje dois mil e quinhentos anos.

Há quinze séculos não são mais conservados. Não apenas as tempestades despejaram suas costumeiras trombas-d'água, como também, mais nefastos que os tremores de terra, os homens – trogloditas, certamente, estupefatos com sua sorte – habitaram a colina. E arrancaram aquilo de que precisavam, pisos de mármore e grandes blocos, e construíram, com barro amassado e cascalho, casinhas para a criançada. Os turcos fizeram uma fortaleza. Que ponto de mira para um assalto! Um belo dia, em 1687, o Partenon servia de paiol. Durante um ataque, um obus rompe a cobertura, atinge a pólvora. Tudo explode...

O Partenon permaneceu, dilacerado porém de pé, e aí está: procurem nas colunas caneladas, formadas de vinte camadas, a junção dos tambores: não a encontrarão. A unha que percorre essas zonas diferenciadas pela pátina ligeiramente diversa que cada mármore sofre com o tempo, essa unha nada sente. A junção, propriamente falando, não existe, e a nervosa aresta das caneluras prossegue como que lisa num monólito.

Deitem-se de barriga no chão diante de um fuste dos propileus e examinem seu nascimento. Em primeiro lugar, estarão num solo lajeado cuja horizontalidade é tão absoluta como uma teoria. Em grandes placas, a massa alabastrina repousa, no entanto, sobre um solo artificial, alicerce profundo ou, melhor, elevação ousada. A base do fuste, ornada de vinte e quatro caneluras, está intacta como a admiração que produz. E a laje escavada ao redor, como a de um alguidar, acusa uma borda de talvez dois ou três milímetros. Essa medição sutil realizada há dois mil anos – auréola de um nascimento – é sensível ainda, tão fresca e nítida como se o escultor tivesse trazido ontem o cinzel e a maça que talharam esse mármore. A parede com três portas, mais amplamente aberta no meio para que nas panateneias os carros pudessem entrar, é uma superfície de mármore de inúmeras pedras, ajustadas a ponto de provocar a carícia e de fazer a mão espalmada querer penetrar a miragem de suas camadas milenares; a superfície, lisa como um espelho, joga com as veias opostas que cada pedra propõe... Oh! mas não examinem esses detritos projetados pela explosão! Sentiriam, como eu, o esmagamento de uma arte incomparável, e teriam vergonha... ao pensarem no que nós, infelizmente, fazemos, nós outros do século vinte.

Colunas inteiras, à esquerda do Partenon, estão deitadas, postas abaixo – como um homem que recebe pólvora em pleno rosto. Assim também os tambores escalonados, anéis de uma corrente rompida. Não imaginamos o que são essas colunas, não as concebemos se não vimos a grandeza que lhes deu Ictino.[67] Seu diâmetro ultrapassa a altura de um homem – medida colossal empregada numa acrópole, numa paisagem deserta, fora de toda medida comum ao homem. Não é concebível também que esse diâmetro seja, por outro lado, o de alguns abortos de nossa Europa Central, bastardos de Vignola.[68]

Sob a arquitrave uniforme, massa eloquentemente elástica, que transmite ao fuste o lastro inteiro do enorme entablamento, a saliência quase imperceptível dos capitéis é moldada por três pequenos anéis cuja medida total não excede uma polegada. Cada um desses anéis (vejam no chão esse capitel derrubado) tem sua cota avaliada numa relação de faceta e de pescoço, que uma alteração mínima aniquilaria. É belo então, tendo medido essas verdades insólitas nos destroços (úteis testemunhas), considerá-las sob a sombra das cornijas* e constatar sua indispensável função.

Horas laboriosas sob a luz difusa da Acrópole. Horas perigosas, provocadoras de uma dúvida pungente na força de nossa força, na arte de nossa arte. Pois verifica-se que o helenismo submerso está precisamente nessas coisas assinaladas, e que os nomes de Ictino, de Calícrates e de Fídias se ligam aos pequenos anéis da saliência do capitel assim como à suprema matemática do templo.

Aqueles que, praticando a *arte* da arquitetura, se encontrarem num momento de sua carreira com o cérebro vazio, o coração rompido de dúvida, diante da tarefa de dar uma forma viva a uma matéria morta, esses compreenderão a melancolia de meus solilóquios em meio aos destroços, de minhas conversas geladas com as pedras mudas. Com os ombros carregados de um pesado pressentimento, muitas vezes deixei a Acrópole sem atrever-me a pensar que um dia seria preciso trabalhar. Em muitos crepúsculos, do flanco do Licabeto[69] que domina a Acrópole, vi, para além da cidade moderna que acendia suas luzes, a colina desamparada e seu vigia de mármore, o Partenon, parecendo dominá-la para conduzi-la em direção ao Pireu, ao mar que foi o vibrante caminho pelo qual tantos tesouros conquistados vieram alinhar-se sob os pórticos dos templos. Carena de rocha, grande carcaça trágica na claridade moribunda sobre todas

* A mais de vinte metros de altura. – No começo dessa primeira viagem ao Oriente, eu não tinha ainda o hábito de anotar as dimensões exatas dos objetos que chamavam minha atenção. Mesmo assim, foi a tomada de consciência das dimensões que não tardou a impressionar-me. Daí que passei a falar do "homem de braço erguido", chave de toda arquitetura.

estas terras vermelhas. Claridade moribunda sobre a terra vermelha sedenta, que coagula um sangue negro sobre a Acrópole e seu Templo – o impassível piloto que, com o movimento dos flancos estendidos, mantém a direção. Uma serpente de luz se acende – bulevar límpido envolvendo a grande carcaça trágica – e desliza à direita, para as praças animadas de uma vida moderna.

E eis aqui o infernal da visão: um céu vacilante extingue-se no mar. Os montes do Peloponeso esperam a sombra para desaparecer, e, numa noite pregada a tudo o que é firme, a paisagem inteira suspende-se na barra horizontal do mar. O nó escuro que ata o céu à noite das terras é o negro piloto de mármore. Suas colunas nascidas na sombra suportam a obscura fronte, mas lampejos de claridade espalham-se entre elas como chamas saindo das vigias de um navio em fogo.

Voltei a atravessar hoje o cascalho de toda uma imensa paisagem. Precisei beber muito *mastic** para lutar contra o cólera de 1911 que invade todo o Oriente. No torpor das terras, uma baía abriu-se, outrora consagrada a mistérios: Elêusis! A imaginação em meio aos vestígios antigos reconstitui o diálogo dos mármores das arquitraves e dos horizontes de mar. Estrangeiro, o visitante assiste. O céu está preto. O imenso cadinho virado cobriu, com seu cone, as ondas do bronze derramado nos golfos e baías, e pequenas ilhas flutuam ao largo, como escórias. Um pequeno trem conduziu-me através de algumas tentativas de cultivo. Logo chegamos ao alto de

* O *mastic* é, no Oriente, um antepassado do absinto, bebida que foi proibida na França no dia da declaração da guerra de 1914.

uma colina; nuvens amontoavam-se em pesados balões sobre a baía semirredonda; três pinheiros torciam-se num deserto de areia. E os montes distantes, que rasgavam com seus dentes estragados o leque rosa dos últimos raios, ajudavam o verde da noite a penetrar com vapores amargos a massa palpitante do céu.

Senti um frio que bania toda embriaguez. Eu estava sozinho havia vários dias, e havia sete meses viajava pela Europa, de Berlim até aqui. A doença me consumia. Como todas as noites, entrei num café barulhento; violinos agudos atormentavam-me o coração. Ali estava outra vez a música dos cafés chiques e das casas de má fama, indefectíveis mensageiros dos progressos europeus.

Também hoje bebi muito *mastic*. Vi mortos sendo transportados na rua, o rosto verde, coberto de moscas; sacerdotes ortodoxos com suas vestes pretas.

Lá no alto, mais morte a cada hora. O grande impacto foi o primeiro. Admiração, adoração, depois esmagamento. Algo se evade, foge de mim; passo diante das colunas e do entablamento cruéis, já não gosto de ir até lá. Quando olho de longe, é como um cadáver. Acabou-se o enternecimento. É uma arte fatal da qual ninguém escapa. Glacial como uma verdade imensa e inalterável. – Mas, quando vejo em meu caderno de apontamentos um croqui de Istambul, meu coração se aquece de novo!...

Hoje minha mensagem é mais digna. Folheando as mil fotografias classificadas nas pastas do Instituto Arqueológico, vi a imagem das três Pirâmides. A amplitude do sopro que modifica as dunas varreu do meu espírito o gemido de Édipo. A comoção extrema de todas estas semanas dissipa-se; tenho coisas fáceis, arquiteturas conhecidas, e sonhei com um canto da Itália, um convento retirado...

Minha decisão está tomada: não abordarei uma nova cultura. O gesto das Pirâmides é vasto e estou muito cansado. O rumo será a Calábria e não Chipre. Não verei nem a mesquita de Omar, nem as Pirâmides... No entanto escrevo com olhos que viram a Acrópole e partirei feliz.

Oh!

Luz!

Mármores!

Monocromia!

Frontões abolidos, mas não o do Partenon, contemplador do mar, bloco de um outro mundo. Aquele que toma um homem e o coloca acima do mundo. Acrópole que escuta, que eleva. A alegria da recordação toma-me por inteiro, e é fortalecedor o sentimento de levar a visão dessas coisas como uma parte nova do meu ser, agora inseparável.

O Vesúvio numa das extremidades do Forum, Pompeia.

NO OCIDENTE

ESTOU MUITO AFETADO POR TODAS AS COISAS DA ITÁLIA. VIVI quatro meses de magistral simplicidade: o mar, montes de pedra e de idêntico perfil – a Turquia com as mesquitas, as casas de madeira, os cemitérios, o Atos com conventos fechados como uma prisão em volta da única igreja bizantina; a Grécia com o templo e a choupana: a terra nua. Era lógico que a vida se concentrasse nas aldeias. E nenhuma outra coisa nos tirava desse caminho, que conhecíamos. Desde Brindisi, vi todos os estilos e todos os tipos de casas, e todas as espécies de árvores e de flores, de erva! Os montes têm uma cara. Os estilos complicam-se: aglomerados frequentemente duvidosos.

Tudo leva a distinguir os turcos. Eram polidos, graves, tinham o *respeito* da presença das coisas. Sua obra é imensa e bela, grandiosa. Que unidade! Que imutabilidade! Que sabedoria! Os crepúsculos no adro das grandes mesquitas...

Por que nosso progresso é feio? Por que os que têm ainda um sangue virgem se apressam a tomar de nós o pior? As pessoas têm gosto pela arte? Será que não é seca Teoria continuarmos fazendo arte? Será que nunca mais teremos a *Harmonia*? Restam-nos santuários para duvidar eternamente. Lá, nada se sabe do hoje, estamos sempre no outrora; o trágico e a alegria exultante se tocam. Somos inteiramente sacudidos porque o isolamento é completo... É assim na Acrópole, nos degraus do Partenon. Vemos realidades de outrora e o mar mais além.

Tenho vinte anos e não posso responder...

Finalizado em Nápoles, em 10 de outubro de 1911, por Charles-Edouard Jeanneret.

Relido em 17 de julho de 1965, na rua Nungesser et Coli, 24, por Le Corbusier.

Notas desta edição

[1] Guia de viagem que durante mais de um século esteve na bagagem de boa parte dos viajantes europeus.

[2] Ou Adrianópolis, atual Edime, na Turquia.

[3] Irã.

[4] Literato francês, autor de *Les Soliloques du pauvre* (1897).

[5] "Dia das flores", a festa típica da primavera vienense.

[6] Castelo imperial nos arredores de Viena.

[7] Alemanha.

[8] Alfred-Phillipe Roll (Paris, 1846-1919), pintor de destaque no movimento histórico-realista, foi um dos fundadores e depois presidente, em 1905, da Societé Nationale de Beaux-Arts.

[9] Ferdinand Holdler (1853-1918), pintor suíço. A cúpula mencionada é a do Palácio da Secessão, construída por Hans Olbrich em Viena a partir de 1898.

[10] Baviera.

[11] Bratislava.

[12] Agreneff Slaviansky, nome artístico do cantor russo Dmitri Alexandrovitch (1836-1910).

[13] Foi professor de Le Corbusier em 1908, em um curso de crítica que ministrava na Sorbonne.

[14] Referência ao sr. Homais, personagem de *Madame Bovary*, de Flaubert.

[15] Espécie de divisória nas igrejas cristãs do Oriente, que separa os fiéis do santuário e serve de suporte aos ícones dos santos.

[16] O local foi palco de uma batalha feroz entre russos e turcos em julho de 1877.

[17] Pintor francês (1803-1860), orientalista romântico.

[18] Mesquita Selimiye, construída entre 1569 e 1575, é o maior de todos os conjuntos de mesquitas do período otomano. Idealizada e executada pelo arquiteto Sinan (c. 1491-1588), responsável pela construção de 131 mesquitas e outros 200 edifícios.

[19] O tradicional barrete cônico e geralmente vermelho dos turcos.

[21] Pintor francês (1824-1898).

[22] Na época, Istambul era dividida topográfica e administrativamente nessas três áreas distintas. Hoje conserva ainda, em parte, essa subdivisão. Pera corresponde atualmente a Beyoglu e Scutari a Üsküdar.

[23] Bebida feita da resina de *Pistacia lentiscus* (aroeira-da-praia ou lentisco).

[24] Sala de conversação, na Grécia e na Roma antigas.

[25] Refere-se ao "Castelo das Sete Torres", hoje Yedikule.

[26] Atual Torre de Gálata, que foi construída por genoveses em 1348.

[27] Estado de quietude.

[28] Área correspondente hoje a Karaköy.

[29] Itália.

[30] Corbusier refere-se à Mesquita Azul, projetada pelo arquiteto imperial Mehmet Aga e construída entre 1609 e 1616, por ordem do sultão Ahmet I.

[31] Hoje Kasimpasa, abrange a área mais ocidental de Pera, às margens do Chifre de Ouro.

[32] Pierre Loti (1850-1926), romancista francês que morou na Turquia.

[33] Instrumento de cordas semelhante ao alaúde.

[34] Punhal oriental de lâmina comprida.

[35] Cremos que Corbusier se refira às *yalis* construídas às margens do Bósforo a mando de paxás, grão-vizires e outros nobres de Istambul a partir do final do século XVII. Essas mansões eram usadas como residência de verão e passaram a adotar outros estilos arquitetônicos, como barroco, Art Nouveau e moderno, além dos tradicionais. O bairro se chama Beylerbeyi.

[36] Carregadores.

[37] Pintor francês (1804-1860), conhecido por retratar soldados da Revolução e de Napoleão.

[38] Pintores flamengos do século XVII.

[39] *Boire une bière*, beber uma cerveja.

[40] Poeta francês do século XVI.

[41] Porto no Mar Negro.

[42] Cidade natal do autor, na Suíça.

[43] Pathé Records, indústria fonográfica francesa criada em 1890.

[44] Édito de governante muçulmano.

[45] Vidro decorativo que imita pedras preciosas.

[46] Plovdiv.

[47] Na arquitetura árabe, balcão fechado por uma grade que forma a saliência de uma janela.

[48] Península montanhosa da Macedônia central, centro monástico e teológico da Igreja ortodoxa, cuja capital administrativa é Kariés. Habitado apenas por monges, lá só podem entrar homens e animais do sexo masculino.

[49] Sacerdote.

[50] Pintor italiano do século XV.

[51] Pintor francês do século XVI.

[52] Pequeno mosteiro.

[53] Vestíbulo à entrada de basílica paleocristã.

[54] Região da Macedônia.

[55] Vestíbulo situado antes da cela de um templo clássico.

[56] Envasamento cilíndrico de uma cúpula.

[57] Conjunto das diferentes molduras de uma construção.

[58] Arco em saliência na face côncava de uma abóbada.

[59] Prior.

[60] Personagem da ópera *Parsifal*, de Wagner, rei, ferido, de uma fraternidade de cavaleiros do Graal.

[61] Portão de entrada, ornamentado, de um templo.

[62] Espaço entre dois tríglifos de um friso dórico.

[63] Parte central do templo onde ficava a estátua do deus.

[64] Ornato quadrado que pende de uma cornija dórica.

[65] Pequeno ornato em forma de dentes no entablamento das ordens jônica e coríntia.

[66] Que possui quatro colunas na fachada principal, como nos templos gregos.

[67] Arquiteto grego do século v a.C., construtor do Partenon.

[68] Arquiteto italiano (1507-1573), célebre por seu *Tratado das Cinco Ordens da Arquitetura*.

[69] Colina de São Jorge da Atenas atual.

Créditos das ilustrações

Todas as ilustrações são de autoria de Le Corbusier e foram produzidas durante a viagem de 1911. Pertencem ao acervo da Fondation Le Corbusier, Paris, exceto as das páginas 9 e 42, que foram retiradas de Gresleri, Giuliano, *Le Corbusier: Il viaggio in Oriente*. Veneza: Marsílio Editori/Paris: FLC, 1984.

Os números precedidos por FLC referem-se ao registro da ilustração no acervo da Fondation Le Corbusier. A indicação *Carnet* refere-se aos cadernos de desenhos e anotações do autor, publicados em Le Corbusier, *Voyage d'Orient – Carnets*. Milão: Electa/Mondadori/FLC, 1987/2002.

Os números em negrito correspondem às páginas da presente edição.

P. 9 Gresleri, p. 46 | **P. 26** FLC 1793 | **P. 42** Gresleri, p. 141. | **P. 45** FLC 6120 | **P. 64** FLC 6116 | **P. 67** FLC 6112 | **P. 74** FLC 6077 | **P. 82** *Carnet 1*, p. 79. | **P. 85** FLC 6111, acima e FLC 6125, abaixo). | **P. 92** *Carnet 1*, p. 78. | **P. 96** FLC 6107 | **P. 100** FLC 2384 | **P. 105** *Carnet 3*, p. 15. | **P. 106** FLC 6086. | **P. 128** *L'Esprit Nouveau*, n. 21 | **P. 154** *Carnet 3*, p. 49. | **P. 163** *Carnet 3*, p. 47. | **P. 174** *Carnet 3*, p. 77. | **P. 187** *Carnet 3*, p. 123. | **P. 192** *Carnet 3*, p. 115. | **P. 198** *Carnet 3*, p. 115. | **P. 206** *Carnet 4*, p. 99. |

Le Corbusier na Cosac Naify

Precisões: sobre um estado presente da arquitetura e do urbanismo, coleção Face Norte, 2004

Depois do cubismo [com Amedée Ozenfant], coleção Fontes da Arquitetura Moderna, 2005

Coleção Companheiro de Viagem

1. O sequestrado de Veneza
   Jean-Paul Sartre

2. Marca-d'água
   Joseph Brodsky

3. As vozes de Marrakech
   Elias Canetti

4. A viagem do Oriente
   Le Corbusier

5. Sardenha como uma infância
   Elio Vittorini

Ouvrage publié avec le concours du Ministère français chargé de la culture (Centre National du Livre).
Publicado com o apoio do Ministério da Cultura francês (Centro Nacional do Livro).

CAPA (detalhe) e P. 216 Le Corbusier, Vista de Istambul a partir do Bósforo, julho de 1911 © FLC 6128
P. 2 Jeanneret (Le Corbusier) de costas, ao lado de um dos capitéis do Partenon, Atenas © FLC

Coordenação editorial CRISTINA FINO
Projeto gráfico FLÁVIA CASTANHEIRA
Preparação CARLA MELLO MOREIRA
Revisão ALEXANDRE BARBOSA e RAUL DREWNICK
Produção gráfica LILIA GOES

1ª reimpressão, 2011

Nesta edição, respeitou-se o novo Acordo Ortográfico da Língua Portuguesa.

Dados Internacionais de Catalogação na Publicação (CIP)
(Câmara Brasileira do Livro, SP, Brasil)

Le Corbusier [1887-1965]
A viagem do Oriente: Le Corbusier
Título original: *Le voyage d'Orient*
Tradução: Paulo Neves
São Paulo: Cosac Naify, 2007
216 pp., 25 ils.

ISBN 978-85-7503-563-4

1. Arquitetura - História 2. Arte - História 3. Le Corbusier, 1887-1965 - Viagens 4. Viagens - Narrativas pessoais I. Título

07-0142 CDD 910.4

Índices para catálogo sistemático:
1. Viagens: Narrativas pessoais 910.4

COSAC NAIFY
Rua General Jardim, 770, 2º andar
01223-010 São Paulo SP
[55 11] 3218 1444
cosacnaify.com.br

Atendimento ao professor [55 11] 3218 1473

FSC
www.fsc.org
MISTO
Papel produzido a partir de fontes responsáveis
FSC® C008008

A marca FSC é a garantia de que a madeira utilizada na fabricação do papel deste livro provém de florestas que foram gerenciadas de maneira ambientalmente correta, socialmente justa e economicamente viável, além de outras fontes de origem controlada.

Fonte ADOBE JENSON
Papel PAPERFECT 104 G/M²
Impressão EDIÇÕES LOYOLA
Tiragem 2000